齐鲁文化
研究文库

管子探源

罗根泽
著

齐鲁文化研究文库

学术委员会主任：陈　来
　　　　副主任：王志民
委　员（按姓氏音序排列）：
　　　　程奇立　杜泽逊　方　铭　李存山
　　　　孙家洲　田汉云　王钧林　王震中
　　　　王中江　王洲明　杨朝明　杨庆存
　　　　郑杰文

主　编：王志民
副主编：王洲明　王钧林　张　磊

出版说明

《齐鲁文化研究文库》从文化与学术两方面,精选了二十世纪以来历代学人对于齐鲁文化的研究成果,重印出版。"文库"所收之书,均为当时最能代表齐鲁文化研究水平的著作:或为一领域之集成之作;或其学说能成一家之言;或其在当时条件下于文化、学术方面有所创新、突破,而在今日看来亦能有益学林者,概均以其能反映当时文化与学术之面貌为准则。

民国时代,处中西文化、学术相碰撞与交融之时代,也是中国学术转型之滥觞;民国学人,学为通学,兼及中、西,为文渐脱清代考据之风,而汪洋恣肆、信手拈来。文意顺畅、思想通达,但以今日标准观之,于编校处问题亦多,为保其原貌,便于研读,在编辑整理中拟遵循以下之准则。

一、所收之书,原版均为繁体竖排,此次出版均改为简体横排。

二、文字繁转简及标点符号使用,均按现代汉语使用规范处理。

三、为充分尊重原著,书中原有之人名、地名、书名等,凡不影响阅读之处,对原文一仍其旧,不作改动。

四、原著中所引之文献,多有不注出处或省略更改者,但为保其原貌,倘不失原意,均以原版文献呈现,不以今本或其他底本为据修改。如确需校改者,则以"编者注"形式说明。

五、凡属原著排印错误,或系作者笔误,均做修改,但不出校记。

六、原书因书页残缺、字迹模糊等原因而不可识者,所缺字数用"□"表示;字数难以确定者,则用"(下缺)"表示。

我们虽竭力而为,但疏漏谬误,在所难免,望方家不吝指正。

目 录

叙　目 / 1

第一章　《经言》九篇 / 1

第二章　《外言》八篇 / 21

第三章　《内言》九篇 / 37

第四章　《短语》十八篇 / 55

第五章　《区言》五篇 / 71

第六章　《杂篇》十三篇 / 81

第七章　《管子解》五篇 / 90

第八章　《轻重》十九篇 / 94

附录一　战国前无私家著作说 / 109

附录二　古代经济学中之本农末商学说 / 188

附录三　古代政治学中之皇、帝、王、霸 / 199

叙目

甲书杂乙丙之言，则甲之思想学说混；周书羼秦汉之语，则周之学术系统乱；辩伪之学所以不容已也。然进化之说，按之学术思想虽未必尽验，而后人之作，亦未必皆逊于前；古人之言，亦未必尽善。辩伪者，每贵远贱近，崇古卑今，一若闲圣护道者然。真古人者，奉为珍宝，异于九天；伪于后者，视如粪壤，抛于九渊。胡应麟为《四部正讹》曰："唐宋以还，赝书代作，作者口传，大方之家，第以挥之一笑。乃衒奇之夫，往往骤揭而深信之；至或点圣经，厕贤撰，矫前哲，溺后流，厥系非渺浅也！"至康有为著《新学伪经考》，更变本加厉，谓："不量绵薄，摧廓伪说，犁庭扫穴，魑魅奔逸，雰散阴豁，日戬星呀；冀以起亡经，翼圣制，其于孔氏之道，庶几御侮云尔。"流风所被，成为习尚，去取定于真伪，是非判于古今，辩伪之书出，而古籍几无可读焉！

著书托名古人，斯诚卑矣。然周秦诸子，靡不托古改制，苟其言之成理，持之有故，皆宜保存；惟疏通明辩，使还作主，而不赝伪古人，乱学术之系统已耳。如《列子》出晋人，非列御寇作，近已渐成定谳。晋人之书，传者绝鲜，据此以究战国学术固妄；据此以究晋人学术，则绝好材料，不得以其非列御寇作，而卑弃不一顾。故余以为与其辩真伪，必益以考年代，始为有功于古人，有裨于今后之学术界也。惟史料之书，其功用在史实，后人向壁虚造，自全无价值。如《竹书纪年》出汲冢，真伪姑不论，今本全非汲冢之旧，淆混史实，错乱年代，诚宜析辩而杂烧之。即言理之书，若《文子》之袭《淮南》，慎懋赏本《慎子》之衲百家（余别有《慎懋赏本〈慎子〉辩伪》，载《燕京学报》第六期），割裂剿同，毫无诠发，原书可读，何须乎此？亦应疏通证明，无使滥竽著作之林，而耗学子披读之功。

考年代与辩真伪不同：辩真伪，迹追依伪，摈斥不使厕于学术界，义主破坏；考年代，稽考作书时期，以还学术史上之时代价值，义主建设。考年代，则真伪亦因之而显；辩真伪，而年代或仍不得定。

吾国为文明古国，学术思想，发达最早，书籍浩繁，几为全球冠；而详赡有系统、有组织之学术史，今尚阙焉。区区小子，未敢多让，思竭绵薄，从事于上古一部。而各书真伪，前人虽略有考订；至其年代，则论及者鲜。朱紫并收，一依旧题作者为叙，则虚伪不实，无史之价值；且学术系统，亦茫不可理。去伪存真，则有价值之材料，坐视废弃，故不得不先为考年代之学。海内贤达，有闻之而兴起者乎？各以性之所近，力之所长，择年代未定之书，分别研讨，则书定年代，而光明灿烂之学术史，可企足而待矣。

《管子》非管仲书，前人多能言之，多能信之。傅子曰："《管子》之书半是后之好事者所加。"（王应麟《汉书艺文志考证》引，刘恕《通鉴外纪》引。）苏辙曰："至战国之际，诸之著书，因管子之说而增益之。其废情任法远于仁义者，多申韩之言，非管子之正也。"（《古史·管晏列传》）叶石林曰："其间颇多与《鬼谷子》相乱。管子自序其事，亦泛滥不切，疑皆战国策士相附益。"（《汉书艺文志考证》引。按《鬼谷子》晚出书，钞《管子》，非《管子》钞《鬼谷子》。）叶适曰："《管子》非一人之笔，亦非一时之书，莫知谁所为。以其言毛嫱、西施、吴王好剑推之，当是春秋末年。又'持满定倾，不为人客'等，亦种蠡所遵用也。"（《水心集》）朱子曰："《管子》之书杂。管子以功业著者，未必曾著书。如《弟子职》之篇，全似《曲礼》，他篇有似《老》《庄》；又有说得太卑，真是小意智处，不应管仲如此之陋。内政分乡之制，《国语》载之却详。"又曰："《管子》非管仲所著。仲当时任齐国之政，又有三归之溺，决不是闲工夫著书底人；著书者，是不见用之人也。其书想只是战国时人收拾仲当时行事言语之类著之，并附以他书。"（并《朱子语录》）黄震曰："《管子》书不知谁所集，乃庞杂重复，似不出一人之手。"（《黄震文集·管仲论》）朱长春曰："大氐周衰道拙，至雄国而祖霸贱王大甚，天下有口，游谈长短之士，都用社稷。管仲为大宗，因以其说系而袥之，以干时王，猎世资。田齐之君，亦自以席桓公敬仲祖烈为最胜，夸一世而存雄。故其书杂者，半为稷下大夫坐议泛谈，而半乃韩非李斯辈袭商君以党管氏，遂以借名行者也。故其书：有春秋之文，有战国之文，有秦先周末之文，其体立辩。……故愚以《列子》晚出，与《庄子·杂篇》，与《管子》，皆多伪不可信。"（《管子序》）至如宋濂《诸子辨》、姚际恒《古今伪书考》、纪昀等《四库提要》，皆有疏辩之言，以其皆习见之书，不一一征引。惟既"非一人之笔，一时之书"。而各篇作于某家，成于某时，无人究论，故治周秦两汉学术者，终于踌躇却顾，而割而弃之也。

考《汉志》，《管子》八十六篇，今亡者才十篇，在先秦诸子，衰为巨帙，远非他书可及。《心术》《白心》，诠释道体，《老》《庄》之书，未能远过；《法法》《明法》，究论法理，《韩非·定法》《难势》，未敢多让；《牧民》《形势》《正世》《治国》，多政治之言；《轻重》诸篇又为理财之语；阴阳则有《宙合》《侈靡》《四时》《五行》；用兵则有《七法》《兵法》《制分》；地理则有《地员》；《弟子职》言礼；《水地》言医；其他诸篇，亦皆率有孤诣。各家学说，保存最夥，诠发甚精，诚战国秦汉学术之宝藏也。宝藏在前而不知用，不亦大可惜哉！不揣梼昧，按之本篇，稽之先秦两汉各家之书，参以前人论辩之言，为《管子探源》八章，《附录》三篇。横分某篇为某家（如儒家、阴阳家、政治思想家），纵分某篇属某时。信以传信，疑以传疑。然后治学术史者，可按时编入；治各种学术者，亦得有所参验。宝藏启而战国秦汉之学术，乃益彪炳而伟大矣。

一 《经言》九篇

《牧民》第一，战国政治思想家作。

《形势》第二，亦战国政治思想家作。

《权修》第三，秦汉间政治思想家作。

《立政》第四，战国末政治思想家作。

《乘马》第五，战国末政治思想家作。

《七法》第六，战国末为孙吴申韩之学者所作。

《版法》第七，似亦战国时人作？

《幼官》第八，秦汉间兵阴阳家作。

《幼官图》第九，汉以后人作。

二 《外言》八篇

《五辅》第十，战国政治思想家作。

《宙合》第十一，战国末阴阳家作。

《枢言》第十二，战国末法家缘道家为之。

《八观》第十三，西汉文景后政治思想家作。

《法禁》第十四，《法法》第十六，并战国法家作。

《重令》第十五，秦末汉初政治思想家作。

《兵法》第十七，秦汉兵家作。

三 《内言》九篇

《大匡》第十八，战国人作。

《中匡》第十九，疑亦战国人作？

《小匡》第二十，汉初人作。

《王言》第二十一，亡，疑战国中世以后人作？

《霸形》第二十二，《霸言》第二十三，并战国中世后政治思想家作。

《问》第二十四，战国政治思想家作。

《谋失》第二十五，亡，无考。

《戒》第二十六，战国末调和儒道者作。

四 《短语》十八篇

《地图》第二十七，最早作于战国中世。

《参患》第二十八，汉文景以后人作。

《制分》第二十九，疑战国兵家作？

《君臣上》第三十，《君臣下》第三十一，并战国末政治思想家作。

《小称》第三十二，战国儒家作。

《四称》第三十三，疑亦战国人作？

《正言》第三十四，亡，无考。

《侈靡》第三十五，战国末阴阳家作。

《心术上》第三十六，《心术下》第三十七，《白心》第三十八，并战国中世以后道家作。

《水地》第三十九，汉初医家作。

《四时》第四十，《五行》第四十一，并战国末阴阳家作。

《势》第四十二，战国末兵阴阳家作。

《正》第四十三，战国末杂家作。

《九变》第四十四，疑战国以后人作？

五 《区言》五篇

《任法》第四十五，《明法》第四十六，并战国中世后法家作。

《正世》第四十七，《治国》第四十八，并汉文景后政治思想家作。

《内业》第四十九，战国中世以后混合儒道者作。

六 《杂篇》十三篇

《封禅》第五十，汉司马迁作。

《小问》第五十一，辑战国关于管仲之传说而成。

《七臣七主》第五十二，战国末政治思想家作。

《禁藏》第五十三，战国末至汉初杂家作。

《入国》第五十四，《九守》第五十五，《桓公问》第五十六，并疑战国末年人作？

《度地》第五十七，汉初人作。

《地员》第五十八，疑亦汉初人作？

《弟子职》第五十九，疑汉儒家作？

《言昭》第六十，《修身》第六十一，《问霸》第六十二，并亡，无考。

七　《管子解》五篇

《管子解》五篇，并战国末秦未统一前杂家作。

八　《轻重》十九篇

《轻重》十九篇，并汉武昭时理财学家作。

附录一　战国前无私家著作说
附录二　古代经济学中之本农末商学说
附录三　古代政治学中之皇、帝、王、霸

根泽束发入塾，酷喜周秦诸子，爱其各明一义，不相沿袭。孳治《管子》，忆在民国纪元四年；此编之作，则造端于十六年之秋。于时在北平清华大学研究院，从梁任公、陈寅恪诸先生游。请先生耳提面命，殷殷指导；举凡体例之商榷，考订之去取，受于诸先生者实多。属稿未毕，梁先生遽归道山，全国之恸，不惟藐藐小子失所宗仰而已。十七年，转入哈佛燕京所设之国学研究所，继续所业。脱稿后，蒙黄子通、冯芝生两先生为改正数事。去年秋,应河南中山大学之聘,承乏国学教授,取此再加增删,印授学生。自惟谫陋,错误必多,宏达君子,其勿吝教!惜也,梁先生不得缓死须臾,观其成而裁其谬,谨以此纪念先生。心丧弟子罗根泽志于河南中山大学教员寄宿舍,时纪元十九年三月十九日也。

第一章 《经言》九篇

《牧民》第一——战国政治思想家作

（1）《史记·管晏列传》曰："吾读《管子·牧民》《山高》《乘马》《轻重》《九府》，详哉其言之也。"又引管氏之言曰："仓廪实则知礼节，衣食足则知荣辱，上服度则六亲固，四维不张，国乃灭亡，下令于流水之源，令顺民心。"又曰："知与之为取者，政之宝也。"（见《牧民》篇）于是世人遂有谓《牧民》诸篇为真管氏书者。（如朱长春《管子序》谓："自《经言》外，《内言》十二，《外言》十半，《短言》《区言》十七，《杂篇》十九，《轻重》全于伪矣。"案十半二字不通。今本《管子》，《外言》八篇。）不知史公距管仲已数百年，其所言若于古无征，亦不可遽信。章实斋《文史通义》谓："古人不著书，古人未尝离事而言理，六经皆先王之政典也。"（《易教上》）战国以前，无著书立说自为一家言之风,管子亦不能独外。(详本书《附录一》)且孔子屡称管仲,从未言其著作。《庄子·天下》篇、《荀子·非十二子》篇、《尸子·广泽》篇,备论诸家,亦未一及《管》。则直至庄荀之前,无《管子》之书。迨韩非著《五蠹》,始言:"今境内之民皆言治,藏商管之法者家有之而国贫。"则知战国言治之风盛,需治之途多,遂有缀拾往哲政治大家管商之遗言往事,以为书而干世者矣。

(2)瑞士珂罗倔伦(Karlgren)著《左传真伪及其性质》(*The Authenticity and nature of the Tso Chuan*),陆侃如先生译为《左传真伪考》(在新月书店出版),以语音变迁诠释"於"字用例,卫君聚贤据之而再加以研讨,断定用作介词与"于"字相通,始于战国。(卫君《古史研究·春秋之研究》)检此篇"於"字凡十五见:曰:"错国於不倾之地,积於不涸之仓,藏於不竭之府,下令於流水之源,使民於不争之官。"曰:"错国於不倾之地者,授有德也;积於不涸之仓者,务五谷也;藏於不竭之府者,养桑麻、育六畜也;下令於流水之源者,令顺民心也;使民於不争之官者,使各为其所长也。"曰:"唯有道者能备患於未形也。"曰:"审於时而察於用。"曰:"缓者后於事,吝於财者失所亲。"皆用为介词。若单言只字,尚可谓后世所改;如此之多,不得谓为后人所改也。则其为战国人作,而非春秋时之管仲作明矣。

(3)据上二证,知此篇必在春秋之后,顾何以不谓其在秦汉，而必谓其在战国？篇中曰："如地如天，何私何亲？如月如日，唯君之节。御民之辔，在上之所贵；道民之门，在上之所先；召民之路，在上之所好恶。故君求之，则臣得之；君嗜之，则臣食之；君好之，则臣服之；君恶之，则臣匿之。毋蔽汝恶，毋异汝度，贤者将不汝助。言室满室，言堂满堂，是谓圣王。"一望而知为有韵文字。以"天"叶"亲"，以"先"叶"门"，以"服"叶"得"，其韵甚古，与《诗》《骚》相仿。《诗·柏舟》"天"叶"人"，《雨无正》"天"叶"信""臻""身"。《楚辞·大司命》"天"叶"辚""人"。《诗·小弁》"先"叶"堇""忍""陨"。《楚辞·国殇》"先"叶"云"。《招魂》"先"叶"纷""陈"。《诗·关雎》"服"叶"得""侧"。《六月》"服"叶"翼""棘"。"先"与"门"，"服"与"得"，汉代能否相叶，余未博考；"天"之与"亲"，则绝不相叶。《说文》："天，颠也。"（《一部》）显为以音释义。《释名》一书，纯以音释，亦曰："天，显也。"又曰："天，坦也。"（《释天》）则汉代读"天"，亦非古之铁因切，而与今音同矣。故《素问》为秦汉间作品（虽托名黄帝，其实为秦汉间作品，辩见姚际恒《古今伪书考》及梁任公师《古书真伪及其年代》卷三），其《天元纪大论》六十六，即以"天"叶"元""玄""旋"矣。

《形势》第二——亦战国政治思想家作

（1）"于"字作介词用者有七，曰："平原之隰，奚有于高？大山之隈，奚有于深？""有无弃之言者，必参于天地也。""万物之于人也。""见与之交，几于不亲；见哀之役，几于不结；见施之德，几于不报。"

（2）诸侯称王，惟楚在春秋之世，自余皆在战国。《史记·魏世家》襄王元年："与诸侯会于徐州，相王也。"《田敬仲完世家》亦谓宣王九年："与魏襄王会徐州（此襄王，与《魏世家》所言襄王，实皆惠王，以惠王三十五年后改元从一年起，《史记》误以是年卒，于是以改元后年属襄王。但时代固不误），诸侯相王也。"依《六国表》，是年为周威烈王三十五年。诸侯称王，皆在此年前后。燕韩据两《世家》及《六国表》，在威烈王四十六年。赵虽不可考，然《赵世家》谓武灵王五年："五国相王，赵独否。"则其王，更较晚矣。秦之称王，《本纪》无明文，据《周本纪正义》引《秦纪》云："惠王十三年，与魏韩赵并称王。"惠王十三年为威烈王四十四年。（与韩称王不甚相符，辩证见梁玉绳《史记志疑》卷四。）《管子》之书，就各面观察，决非楚言，而此篇曰："独王之国，劳而多祸。"是必在诸侯称王之后矣。（刘绩谓"王"当依《解》作"任"。考尹《注》亦作"王"。且下文云："独国之君，卑而不威。""国""王"相对成文，知作"王"是也。）

《权修》第三——秦汉间政治思想家作

(1) 篇中曰："故末产不禁，则野不辟。"又曰："故上不好本事，则末产不禁；末产不禁，则民缓于时事而轻地利。"又曰："有地不务本事，而求宗庙社稷之无危，不可得也。"此与管子之主张，极相背驰。《史记·管晏列传》曰："管仲既任政相齐，以区区之齐，在海滨，通货积财，富国强兵。"刘向《管子书录》，亦有此言。（见影宋本、明本《管子》及严可均《全汉文》。标题依严氏。）《齐语》载管仲对桓公曰："四民勿使杂处。……今夫商群萃而州处，察其四时，而监其乡之资，以知其市之贾（同价），负任儋何（同担荷），服牛轺马，以周四方，以其所有，易其所无，市贱鬻贵，旦莫（同暮）从事于此，以饬其子弟，相语以利，相示以赖（赢也），相陈以贾；少而习焉，其心安焉，不见异物而迁焉。是故其父兄之教，不肃而成，其子弟之学，不劳而能。夫是故商之子恒为商。"则管子固甚提倡商业也。再考《史记·货殖列传》："太公望封于营丘，地潟卤，人民寡，于是太公劝其女工，极其技巧，通鱼盐，则人物归之。……其后齐中衰，管子修之，设轻重九府，则桓公以霸，九合诸侯，一匡天下。而管氏亦有三归，位在陪臣，富于列国之君，是以齐富强至于威宣也。"《正义》曰："管子云：'轻重谓钱也，夫治民有轻重之法。'周有大府、玉府、内府、外府、天府、职内、职金，皆掌财币之官，故云九府也。"（案《正义》

所举,实仅七府。)则齐地固不宜农桑,而宜工商。桓公管仲之霸,亦端恃工商,乌能一再为"禁末产"之论也?且提倡农业,尊之为本;压抑工商,卑之曰末,盛行于汉初,而产生于战国末年以至秦皇统一之时,前此无有也。(详本书《附录二》)则此篇之作,亦当在秦汉之交,或竟在汉初矣。

(2)凡补偏救弊之学说,必生于弊端已见之后。此篇中有曰:"商贾在朝,则货财上流。"管子之前为贵族政治时代,商贾何能在朝?考之载籍,亦无商贾在朝之事。此种惩弊思变之说,不能产生。战国之末,吕不韦以大贾潜移秦之天下,但尚未闻专以与民争利。及汉初桑孔用事,实为"货财上流"。此种学说,虽不敢谓在桑孔之后,亦必在战国之后。

(3)篇中曰:"赏罚信于其所见","赏罚不信于其所见","而度量不生于其间","故取于民有度","取于民无度","藏于民也","奚待于人","奚待于家","奚待于乡","奚待于国","奚待于天下","则民缓于时事","小礼不谨于国","小义不行于国","小廉不修于国","小耻不饰于国","爵服加于不义","禄赏加于无功","则国不免于贼臣矣"。凡"于"字十九,皆作介词用,亦在战国或战国后之证也。

(4)篇中曰:"凡牧民者,欲民之有礼也。欲民之有礼,则小礼不可不谨也。小礼不谨于国,而求百姓之行大礼,不可得也。凡牧民者,欲民之有义也。欲民之有义,则小义不可不行。小义不行于国,而求百姓之行大义,不可得也。凡牧民者,欲民之有廉也。欲民之有廉，则小廉不可不修也。小廉不修于国，而求百姓之行大廉，不可得也。凡牧民者，欲民之有耻也。欲民之有耻，则小耻不可不饰也。小耻不饰于国，而求百姓之行大耻，不可得也。"此显为对《牧民》篇"国有四维……何谓四维？一曰礼，二曰义，三曰廉，四曰耻"之言，加以补充。必在《牧民》篇后矣。

《立政》第四——战国末政治思想家作

(1) 中有一节摘钞《荀子·王制》篇，今将二文并列于下，真伪自可立判。

王制

修宪命，审诗商，禁淫声，以时顺修，使夷俗邪音，不敢乱雅，大师之事也；修堤梁，通沟浍，行水潦，安水臧，以时决塞，岁虽凶败水旱，使民有所耘艾，司空之事也；相高下，视肥垸，序五种，省农工，谨畜藏，以时顺修，使农夫朴力而寡能，治田之事也；修火宪，养山林薮泽草木鱼鳖百索，以时禁发，使国家足用，而财物不屈，虞师之事也；顺州里，定廛宅，养六畜，闲树艺，劝教化，趋孝悌，以时顺修，使百姓顺命，安乐处乡，乡师之事也；论百工，审时事，辨功苦，尚完利，便备用，使雕琢文采，不敢专造于家，工师之事也；相阴阳，占祲兆，钻龟陈卦，主攘择五卜，知其吉凶妖祥，伛巫跛击之事也；修采清，易道路，谨盗贼，平室律，以时顺修，使宾旅安而货财通，治市之事也；抟急禁悍，防淫除邪，戮之以五刑，使暴悍以变，奸邪不作，司寇之事也；本政教，正法则，兼听而时稽之，度其功劳，论其爵赏，以时慎修，使百吏免（同勉）尽而众庶不偷，冢宰之事也；论礼乐，正身行，广教化，美风俗，兼覆而调一之，辟公之事也；全道德，致隆高，綦文理，一天下，振毫末，使天下莫不顺比从服，天王之事也。

立政

修火宪，敬山泽林薮积草，天（原作夫，依戴望《管子校正》引丁说改）财之所出，以时禁发焉，使民于宫室之用，薪蒸之所积，虞师之事也；决水潦，通沟渎，修障防，安水藏，使时水虽过度，无害于五谷，岁虽凶旱，有所秎获，司空之事也；相高下，视肥墝，观地宜，明诏期，前后农夫，以时钧修焉，使五谷桑麻，皆安其处，由田之事也；行乡里，视宫室，观树艺，简六畜，以时钧修焉，劝勉百姓，使力作毋偷，怀乐家室，重去乡里，乡师之事也；论百工，审时事，辨功苦，上完利，监壹五乡，以时钧修焉，使刻镂文采，毋敢造于乡，工师之事也。

此篇所载只虞师、司空、由田（《荀子》作治田）、乡师、工师五职，而无大师、伛巫跛击、治市、司寇、冢宰、辟公、天王七职，以为治齐政典耶？则非齐国之官。（齐国之官，依《左传》《国语》有工正、太史、南史等，未闻有此篇所载诸官。）以为泛论耶？则官职未全，且与章氏"古人不著书"（见前）之说相违。尤当注意者，与《荀子》所同五职，在《荀子》为连属之文，非间有间无，其为摘钞《荀子》何疑？

（2）尚有一节与《春秋繁露·服制》篇从同。

服制

率得十六万国三分之，则各度爵而制服，量禄而用财，饮食有量，衣服有制，官室有度，畜产人徒有数，舟车甲器有禁，生则有轩冕之服位贵禄田宅之分（苏舆《春秋繁露义证》谓"上之字衍"），死则有棺椁绞衾圹袭（疑垄字）之度；虽有贤才美体，无其爵不敢服其服；虽有富家多贷，无其禄不敢用其财。天子服有文章，夫人不得以燕飨，公以庙，将军大夫不得以燕飨以庙，将军大夫以朝，官吏以命士止于带缘（苏舆校改为"天子服有文章，夫人不得以燕飨以庙，将军大夫不得以燕飨以庙，朝官吏命士止于带缘"），散民不敢服杂采，百工商贾不敢服狐貉，刑余僇民不敢服丝玄纁乘马，谓之服制。

立政

度爵而制服，量禄而用财，饮食有量，衣服有制，宫室有度，六畜人徒有数，舟车陈器有禁修，生则有轩冕服位谷禄田宅之分，死则有棺椁绞衾圹垄之度；虽有贤身贵体，毋其爵不敢服其服；虽有富家多资，毋其禄不敢用其财。天子服文有（二字应校正）章，而夫人不敢以燕、以飨庙，将军大夫以朝，官吏以命士止于带缘，散民不敢服杂采，百工商贾，不得服长鬈貂，刑余戮民，不敢服绕，不敢畜连乘车。

《繁露》起九字无所附丽（苏舆《义证》引钱云："上有脱文，二句亦与服制无涉。"），又"禁修"，《繁露》只作"禁"以求工整，二"毋"字皆改作"无"，似《繁露》钞此篇。此钞《荀子》，董子钞此，则其时代当在战国末矣。

（3）篇中谓："寝兵之说胜，则险阻不守；兼爱之说胜，则士卒不战；全生之说胜，则廉耻不立；私议自贵之说胜，则上令不行；群徒比周之说胜，则贤不肖不分；金玉货财之说胜，则爵服下流；观乐玩好之说胜，则奸民在上位；请谒任举之说胜，则绳墨不正；谄谀饰过之说胜，则巧佞者用。"考春秋中叶，虽有向戌等弭兵之议；而曰"寝兵"之说，则实始宋钘。（见《庄子·天下》篇，余有《宋子及其学说》，可供参考。）"兼爱"始自墨子。"全生"之说，似始于子华子。《吕氏春秋·贵生》篇引《子华子》曰:"全生为上,亏生次之,死次之,迫生为下。"又《审为》篇记魏韩相与争侵地,子华子说韩昭釐侯以所争者甚轻,不宜愁身伤生以忧之,昭釐侯甚善其说。考《史记·韩世家》无昭釐侯,有昭侯。载昭侯二年,魏取朱,则昭釐侯昭侯,盖即一人?(余别为《子华子考》。)是子华子当与昭侯同时。"私议自贵"之说似指杨朱。余者,书阙有间,未悉所指。各种皆标之曰"说",以知者例不知者,似皆指一种学说。盖战国中世以降,一面言论极自由,可任意创说;一面时势环境,皆予人以欠阙之感想,恶劣之影响,于是横决旁溢,而学说遂无奇不有。此篇于各说皆施以抨击,更在诸说备出之后焉。

(4)尊农为本、卑商为末之风,权舆战国之末,本书《附录二》中,论之颇详。此篇曰:"不好本事,不务地利。"又曰:"好本事,务地利,重赋敛,则民怀其产。"

(5)篇中曰:"卿相不得众,国之危也。""卿""相"连举,是以"相"为官名;"相"为官名,盖始战国。

考《书·说命上》:"爰立作相。"伪古文不足据。自余《左传》《国语》"相"字甚多,然皆"辅相"之意,非官名。《鲁语上》:"季文子相宣成,无衣帛之妾,无食粟之马,仲孙它谏曰:'子为鲁上卿,相二君矣。'"可见文子之官为上卿,不过其职责在辅相其君耳。即此可见其所言相,皆非相官。《公羊传》桓十一年:"祭仲者何?郑相也。"而据《左传》此年曰:

"祭封人仲足（即祭仲）有宠于庄公，庄公使为卿。"则祭仲官郑，亦实为卿。《左传》庄九年："鲍叔言管仲于桓公曰，使相可也。"僖二十四年："齐桓公置射钩而使管仲相。"《论语·宪问》第十四论管仲曰："桓公杀公子纠，不能死，又相之。"又曰："管仲相桓公。"而《左传》僖十二年，周王以上卿之礼飨管仲，管仲辞，受下卿之礼而还。则其官盖为下卿。《左传》襄二十八年："子产相郑伯。"三十年、三十一年并云："子产相郑伯以如晋。"昭三年："郑伯如楚，子产相。"四年："子产善相小国。"五年："子产相郑伯，会晋侯于邢丘。"十二年："子产相郑伯。"十三年："子产子大叔相郑伯以会。"而《史记·郑世家》："子产为卿十九年。"则子产之官，实亦为卿。《左传》定十年："公会齐侯于祝其，实夹谷，孔丘相。"《榖梁传》亦记曰："夹谷之会，孔子相焉，两君就坛，两相相依。"而杜《注》谓："相会仪。"至孔子之官，据《世家》为大司寇。他言"相"者，亦皆类是，不必悉举。最宜注意者，《左传》昭三年："乐桓子相赵文子。"八年："七月甲戌，齐子尾卒，子旗欲治其室。丁丑杀梁婴（子尾家宰）。八月庚戌，逐子成、子工、子车（皆子尾之属），皆来奔。而立子良氏之宰。（子良，子尾之子，子旗为子良立宰。）其臣曰：'孺子长矣，而相吾室，欲兼我也。'"赵文子，晋臣，子良，齐臣；安能立相，而皆曰相。盖春秋及春秋以前，无名相之官；而上至天子，下至诸侯公卿大夫，其辅佐之高等臣工，皆可曰相，义取辅相，非若后世之相为专官。犹凡有土治民者，皆可曰主，义取主持，非若后世之主为君主专称也。（春秋凡有土治民者，皆可曰主，说详本书第四章《君臣》上下二篇。）故《左传》隐五年："天子三公者，天子之相也。"至襄二十五年："庆封为左相。"定元年："仲虺居薛，以为汤左相。"当以天子之三公，诸侯之卿大夫，分等次之故也。惟《论语·先进》第二十一，公西华曰："愿为小相焉。"《季氏》第十六："危而不持，颠而不扶，则将焉用彼相矣！"似为春秋有相之证。但前者，何晏曰："小相为相君之礼者。"后者，苞《注》曰："言辅相人者。"则皆非后世所谓相也。考古官少一字之官，故后世立相，其名亦或曰宰相，或曰丞相，或曰相国，无单名相者。《左》《国》及其他春秋时或春秋以前书，皆单文，知皆为辅相之义，非真有是官。《墨子·尚贤中》曰："伊挚，有莘氏女之私臣，亲为庖人，汤得之，举以为相。"《耕柱》曰："使圣人聚其良臣，与其桀相而谋。"《贵义》曰："使为一国之相，不能而为之。"亦皆只曰相，尚非官名。至《尚同》上中下三篇，皆有"举天下贤可者，立以为君，立以为三公，立以为诸侯"之言，名三公，不名相，知其时无相官。

《国策》《荀子》始见"相国"之称。《东周策》："国君所令，相国往，相国不欲。"又曰"有人谓相国曰"云云。《强国》篇荀子说齐相曰："今相国上则得专主，下则得专国，相国之于胜人之势，亶有之矣。……贤士愿相国之朝。能士愿相国之官。……相国舍是而不为。"则于时确有相国之官。考《秦策》记苏秦在赵受相印。而"卿""相"二字，遂多并称者。《秦策》："安有说人主，不能出其金玉锦绣，取卿相之尊者乎？"《赵策》二："天下之卿相。"《韩策》二："而严仲子乃诸侯之卿相也。"《燕策》二："弗予相，又不予卿也。"《荀子·富国》篇："其卿相调议。"《君道》篇："然而求卿相辅佐，则独不若是其公也。"又曰："卿相辅佐，人主之基杖也。……人主必将有卿相辅佐足任者。……无卿相辅佐足任者谓之独。"

至《韩非子》《吕氏春秋》，更见"宰相"之称。《韩非子·显学》篇曰："故明主之吏，宰相必起于州部。"《吕氏春秋·制乐》篇曰："宋景公之时，荧惑在心，公惧，召子韦而问焉。曰：'荧惑在心，何也？'子韦曰：'荧惑者，天罚也；心者，宋之分野也，祸当于君。虽然，可移于宰相。'公曰：'宰相所与治国家也，而移死焉，不祥。'"（分野之说，始自阴阳家，宋景公时无有也，故此决非事实。——参观本书《附录一》辨《宋司星子韦》条——而宰相之名，亦只认为后起，不能认为宋景公时已有。）而卿相连称，更屡见矣。《韩非子·奸劫弑臣》曰："立为卿相之处。"《解老》曰："而小易得卿相将军之赏禄。"而《左》《国》《论》《孟》则绝无。足征相为专官，始于战国中世，而此篇抑在其后矣。

附言

此篇及以下诸篇,以"于"字做介词用者皆甚多,以此只能证非春秋或春秋以前作。而此书早者不能超过战国,故此后不再以之为证。

《乘马》第五——战国末政治思想家作

(1) 篇中曰:"无为者帝,为而无以为者王,为而不贵者霸。"考以政治分别"王""霸",约当孟子之时;益之以"帝",更在战国之末。(说详本书《附录三》)则此篇之作,不能超过战国末叶。

(2) 冯芝生先生所著《孔子在中国史中之地位》言:"在孔子以前,似乎没有以后所谓士农工商之士阶级。"(《燕京学报》第二期)余于本书《附录一》中,博征繁引,证明其说不误。今此篇第六节标语曰:"右士农工商。"篇中虽曰:"非信士不得立于朝。"而又曰:"士闻见博学,意察而不为君臣者,与功而不与分焉。"则固不专指士大夫之士,而实指所谓士农工商之士,篇中亦实分论农士贾工。《国语·齐语》载管子治齐之政,虽谓:"四民勿使杂处……士之子恒为士……士乡十五。"但韦昭《注》:"此士,军士也。"则不能与此篇所谓士相提并论。而此篇固当为孔子以后作品无疑也。

《七法》第六——战国末为孙吴申韩之学者所作

（1）依《春秋》及三《传》、《国语》《史记》，以及其他先秦书，管子可称为政治家，不能称为兵家法家。《国语》载其治齐之政，可谓详赡，三国伍鄙，制野分乡，相地衰征，牧民亲邻（详《齐语》，不具引），无一不从政治入手。虽谓："作内政以寄军命。"但可谓为政治家之军令，不能谓为兵家之军令。如孔子亦云"足兵"，但不能谓孔子为兵家。二家之区别，最好以荀子与临武君之议兵为证。临武君谓："上得天时，下得地利，观敌之变动，后之发，先之至。"此兵家言也。荀子谓："用兵攻战之本，在乎一民。"（俱详《荀子·议兵》篇，不备引。）则非兵家言，而为政治家言也。且孔子称桓公"九合诸侯，一匡天下，不以兵车，管仲之力也"。《齐语》称其"兵车之属六，乘车之会三，诸侯甲不解累，兵不解翳，弢无弓，服无矢，隐武事，行文道"。则管仲为政治家，非兵家明矣。今篇中曰："不能强其兵，而能必胜敌国者，未之有也。……兵不必胜敌国而能正天下者，未之有也。……为兵有数……刚柔也，轻重也，大小也，虚实也，远近也，多少也，谓之计数。"又曰："若夫曲制时举，不失天时，毋圹（同旷）地利，其数多少，其要必出于计数。故凡攻伐之为道也，计必先定于内，然后兵出乎境。"又曰："故兵也者，审于地图，谋士官，日量蓄积，齐勇士，遍知天下，审御机数，兵主之事也。故有风雨之行，故能不远道里矣；有飞鸟之举，故能不险山河矣；有雷电之战，故能独行而无敌矣；有水旱之功，故能攻国救邑；有金城之守，故能定宗庙，育男女矣；有一体之治，故能出号令，明宪法矣。……然后可以有国，制仪法，出号令，莫不向应。然后可以治民一众矣。"此等战胜攻取之方略，以武力推行法令之主张，是战国末年，混合兵法以为治者之言，非政治家管子之言也。

法家言法，他家亦言法，言法虽同，实则大异。最显著者，他家所谓法，不似法家之专指法条律令；他家对于法，不似法家视若神圣。孟子谓："徒善不足以为政，徒法不能以自行。"（《离娄》篇）其法实泛指治国之一切政治制度。荀子礼法并举，又谓："礼义之谓法。"则其法，亦不与法家同。故法之起原盖甚早，法家之成立则甚迟。《韩非子》言："申不害言术，公孙鞅言法。"（《定法》篇）则法家至商鞅可谓小成，而大成则为韩非。申子主术，慎子主势，固非唯法主义者也。（参阅本书第二章《法禁》《法法》两篇及梁任公先生《中国法理学发达史论》。）今此篇曰："不明于法，而欲治民一众，犹左书而右息之。"又曰："故不为重宝亏其命，故曰令贵于宝；不为爱亲危其社稷，故曰社稷戚于亲；不为爱人枉其法，故曰法爱于人；不为重爵禄分其威，故曰威重于爵禄。不通此四者，则反于无有。故曰：治人如治水潦，养人如养六畜，用人如用草木。……论功计劳，未尝失法律也；便辟左右大族尊贵大臣，不得增其功焉；疏远卑贱隐不知之人，不忘其劳。"此种"引绳墨，切事情"之唯法主义，纯为战国末为商韩之学者之主张，非管子所宜出也。

（2）带有政治色彩之"王""霸"二字，发生盖在战国中叶。此篇中曰："王道非废也，而天下莫敢窥者，王者之正也。"亦为战国时作品之一证。

《版法》第七——似亦战国时人作

此篇乃一短幅之有韵文字，考订年代，本证既少，旁证又无，如欲确定，实谢未能。惟以余谫陋，疑有战国嫌疑者二事：

（1）"兼爱""尚贤"为墨子主张，此篇曰："兼爱无遗，是谓君心。"又曰："修长在乎任贤。"似乎在墨子之后。但只言片语，难以为据，故亦未敢遽以为然也。

（2）其文体既非诗歌，又异《骚》赋，虽为有韵文，而无文学趣味。持比他家，与《荀子·成相》篇颇相似，疑其时代相上下，同为赋之初期，故有韵无味，酷肖后世之鼓儿词也。

《幼官》第八——秦汉间兵阴阳家作

（1）"帝""王""霸"之分在战国之末。此篇曰："尊贤授德则帝，身行仁义服忠用信则王，审谋章礼选士利械则霸。"纯为抽取"帝""王""霸"之行事与学说而言者，足证其发生甚晚也。

（2）篇中分四时，谓春行夏秋冬政，则有如何灾异；夏行春秋冬政，则有如何灾异。又谓某时，君宜服某色，味某味，听某声，治某气，用某数，纯为阴阳家言。又区为十种，二标为"此居图方中"。余平分东西南北，各标曰："居于图某方方外。"又似兵阴阳。考《汉志》，阴阳家最早者惟《黄帝泰素》二十篇，班氏自注曰："六国时韩诸公子作。"余较早者，惟宋《司星子韦》三篇，班氏自注曰："景公之史。"而实后人依托，详本书《附录一》。此外皆六国时书。《洪范》有阴阳家言，然刘节先生《洪范疏证》，证为战国末秦未统一以前作品。兵阴阳，班氏谓："顺时而发，推刑法，随斗击，因五胜，假鬼神而为助者也。"则其发生必在阴阳家后；以阴阳家之说未出，无由以之用于兵也。《汉志》所载，虽有神农黄帝之书，亦皆后人伪托。此篇述阴阳之说，资以用兵，其为六国后兵阴阳家言无疑。

（3）卿相之"相"，前已证明始于战国。此篇曰："八分有职，卿相之守也。"亦足证时代甚晚。

《幼官图》第九——汉以后人作

此篇与《幼官》第八，内容全同，惟排列稍异。《幼官》先中方，次东方，次南方，次西方，次北方，依次叠之，以毕十图。此则先以方相从：先中方本图，次中方副图，次东方二图，次南方二图，次西方二图，次北方二图。明朱养和本已如此。而宋本则先西方本图，次西方副图，次南方本图，次中方本图，次北方本图，次南方副图，次中方副图，次北方副图，次东方本图，次东方副图。安井衡曰："此篇名图，则当列《幼官》不及，以为十图，今不惟无图，其言又与前篇无异，盖图既佚，后人再钞《幼官》以充数也。"（《管子纂诂》）考刘向《管子书录》谓："凡中外书五百六十四篇，以校复重四百八十四篇，定著八十六篇。"（按应余八十篇，六字疑衍。）则刘向定著无复篇，此篇必在刘向之后。再考唐尹之章（旧题房玄龄），虽不注此篇，而于《幼官》第八"居某方方外"下，皆注以此某方本图或副图，其说全同此篇，则唐时已有矣。

第二章 《外言》八篇

《五辅》第十——战国政治思想家作

(1) 篇中曰:"今有土之君,皆处欲安,动欲威,战欲胜,守欲固,大者欲王天下,小者欲霸诸侯。"言"王""霸"之风盛于战国中叶,已详前文。且春秋之世,犹尊王室,不轻于言王。晋侯请隧,楚子问鼎,尚未直言欲王,即为一时舆论所非。及至战国,王室式微,学者知其不足以系天下,由是孟荀著论,已争言王矣。

(2) 极力提倡"士民贵武勇而贱得利""庶人好耕农而恶饮食",此战国商鞅一派富国强兵之语。盖列国并峙,兵强者霸,故欲士民之贵武勇;粮饷供给,赖力田之所生,故欲庶人之好耕农。两者相提并重,惟战国为然。至汉重农加甚,力非商贾,而定鼎之后,殊不愿人之武勇好战也。

（3）《左传》成书年代虽未能确定，然最早不过战国初年。（篇中引及子思，知在子思后。）今此篇有显袭《左传》者。《左传》隐三年："且夫贱妨贵，少陵长，远间亲，新间旧，小加大，淫破义，所谓六逆也。"此则曰："下不倍上，臣不杀君，贱不逾贵，少不陵长，远不间亲，新不间旧，小不加大，淫不破义：凡此八者，礼之经也。"用字全同，不过此篇加一不字以成反义，必有一为钞袭者。考此篇前曰："所谓八经者何？曰：上下有义，贵贱有分，长幼有等，富贵有度，凡此八者，礼之经也。"与此又异。盖好左氏之言，不忍割爱，据以窜入，致自驰舛。而其时代必在《左传》之后矣。

《宙合》第十一——战国末阴阳家作

（1）《汉志》："阴阳家者流，盖出于羲和之官，敬顺昊天，历象日月星辰，敬授民时，此其所长也。及拘者为之，则牵于禁忌，泥于小数，舍人事而任鬼。"此篇宗旨，一言以蔽之曰："以人事合宇宙。"故曰宙合。其言曰："春采生，秋采蓏，夏处阴，冬处阳，此言圣人之动静开阖诎信浧儒（章太炎《管子余义》释为长短）取与之必因于时也。时则动，不时则静，是以古之士有意而未可阳也；故愁其治，言含愁而藏之也。贤人之处乱世也，知道之不可行，则沉抑以辟罚，静默以俛免。辟之也,犹夏之就清,冬之就温焉,可以无及于寒暑之灾矣。"此以宇宙推之于持身涉世者也。又曰:"夫天地一险一易,若鼓之有桴,摘挡则击。(戴望《校正》引洪说谓桴当为桴,摘挡则击,当作摘击则挡,挡与铛通。)天地万物之橐,宙合有橐天地。左操五音,右执五味,此言君臣之分也。……夫五音不同声而能调,此言君之所出令无妄也;而无所不顺,顺而令行政成。五味不同物而能和,此言臣之所任力无妄也;而无所不得,得而力务财多。……君失音则风律必流,流则乱败。臣离味则百姓不养,百姓不养,则众散亡。君臣各能其分,则国宁矣。故名之曰不德。(《校正》引丁云:"古字多以丕为不,此不字当读为丕。丕,大也。")怀绳与准钩,多备规轴,减溜大成,是唯时德之节。"此以宇宙推之于君国政治者也。又总括之曰:"宙合之意,上通于天之上,下泉(王引之曰:"泉不可通,当为㴁;㴁,暨字也;暨,及也。")于地之下,外出于四海之外,合络天地以为一裹,散之至于无间,不可名而山,是(洪颐煊《管子义证》:谓山是当作由是,言宙合之意,散之至于无间,不可名,而民莫不由是,故下云,大之无外,小之无内)大之无外,小之无内。"纯以阴阳宇宙为说,非阴阳家言而何?

(2)《汉书·严安传》引《邹子》之言曰:"政教文质,所以云救也,当时则用,过则舍之,有易则易也。故守一而不变者,未睹治之至也。"后之论邹子者,亦谓其"疾晚世之儒墨,守一隅而欲知万方"。(《盐铁论·论邹》篇) 今此篇曰:"天不一时,地不一利,人不一事,是以著业不得不多,人之名位不得不殊。方明者察于事,故不官于物,而旁通于道。道也者,通乎无上,详乎无穷,运乎诸生。是故辩于一言,察于一治,攻于一事者,可以曲说,而不可以广举。圣人由此知言之不可兼也,故博为之治而计其意;知事之不可兼也,故名为之说而况其功。岁有春秋冬夏,月有上下中旬,日有朝暮,夜有昏晨,半星(《校正》引王说中星也)辰序各有其司。"不惟与非訾"守一不变"之说相应,且其立脚点以天地四时为说,亦合阴阳家言,则虽非邹子之书,亦为邹子之学者所作也。

(3) 猪饲彦博《管子补正》曰:"此篇先著经托古,而后作传解之。然泛托古贤,不的言其人,故曰:'谕教者取辟焉。'又曰:'圣人著之简筴,传以告后世。'其非托敬仲也昭昭矣。盖此篇本自为一书,亦朱长春所谓'采入以侈其富'者也。"此言良是。

《枢言》第十二——战国末法家缘道家为之

(1) "王""霸"二字之带政治色彩者,产于战国中叶。此篇曰:"王主积于民,霸主积于将战士。"又曰:"先王用一阴二阳者霸,尽以阳者王。"

（2）篇中多道家之言，如曰："德盛义尊，而不好加名于人；人众兵强，而不以其国造难生患；天下有大事，而好以其国后；如此者，制人者也。德不盛，义不尊，而好加名于人；人不众，兵不强，而好以其国造难生患；恃与国，幸名利；如此者，人之所制也。人进亦进，人退亦退，人劳亦劳，人佚亦佚；进退劳佚，与人相胥；如此者，不能制人，人亦不能制也。……故先王贵当，贵周。周者不出于口，不见于色，一龙一蛇，一日五化之谓周。故先王不以一过二，先王不独举，不擅功。"又曰："欲知者知之（知同智），欲利者利之，欲勇者勇之，欲贵者贵之。……戒之戒之，微而异之，动作必思之，无令人识之，卒来者必备之。"又曰："德莫如先，应适莫如后。"又曰："能戒乎？能敕乎？能隐而伏乎？能而稷乎？能而麦乎？"（《校正》引宋云："能而音义并同，后人读此而字为能，遂改而为能，而仍存而字旧文。"）能春不生而夏无得乎？"又曰："故有事，事也；毋事，亦事也。吾畏事，不欲为事；吾畏言，不欲为言。"此纯乎《汉志》论道家，所谓"清虚以自守，卑弱以自持"之旨也。而又曰："人之心悍，故为之法；法出于礼，礼出于治；治礼，道也。"则又以道为体，以法为用者也。（法家源于道家者极多，故史公以老庄申韩合传，谓申子"本于黄老而主刑名"，韩子"喜刑名法术之学，而其归本于黄老"。）善乎朱长春之言曰："《枢言》必宿隐道术之士，以管子重言行也。略计主本，详于运术，又法家强附道耶？"（朱养和辑订本《管子》引。猪饲敬所《管子补正》曰："《枢言》亦是法家一书，于篇末自言如此，则固非假托管子者也，是亦集书者采入焉耳。朱长春以为宿隐道术之士之作，是也。但其曰，以管子重言者，犹未免眩于篇首一节也。"按篇首有"管子曰"数语，猪饲敬所谓："酷类《小称》，错简在此。"无论"托管子重言"否，要之二人皆谓道家法家言。非《管子》旧文。）

考道家思想，其源甚古。三代尚矣。《论语》楚狂、接舆、荷篠丈人，固亦道家之流也。但著之书册，蔚为一家一派之学，则为时较晚。《汉志》道家所列，最古者有《黄帝君臣》十篇，班氏自注："起六国时，与《老子》相似也。"《杂黄帝》五十八篇，班氏自注："六国时贤士所作。"《力牧》二十二篇，班氏自注："六国时所作，托之力牧。"《黄帝四经》四篇，《黄帝铭》六篇，朱文公谓："战国方术之士，笔之于书。"（详王应麟《汉志考证》）《伊尹》五十篇，王氏《考证》谓："战国权谋之士，著书而托之伊尹。"《太公》二百三十七篇（《谋》八十一篇，《言》七十一篇，《兵》八十五篇），班氏自注："或有近世，又以为为太公术者所增加也。"刘向谓："虽近世之文，然多善者。"（王氏《考证》言《文选》注引）《鬻子》二十二篇，胡氏《四部正讹》、姚氏《古今伪书考》、纪氏《四库书目提要》，皆谓后人伪作。《文子》九篇，班氏自注："似依托。"惟《辛甲》二十九篇，班氏自注："纣臣。"其书久佚，后人亦遂未论真伪。余以为诸道家书皆产生在战国，此不容独远在商末，想亦后世所依托。《左传》魏绛所述《虞人之箴》，又为箴铭，而非若诸子之自成一家言，谅不在二十九篇之内。《玉函山房辑佚书》采以入道家类，误矣。自余皆战国书。而老子，今人又多谓在墨子、孟子之后，则道家成立，当在战国。（参阅本书《附录一》）此篇撷道家之旨而行之以法，抑更在道家之后也。

《八观》第十三——西汉文景后政治思想家作

（1）篇中曰："六畜有征，闭货之门也。"考《春秋》《国语》，春秋时无六畜税。不惟春秋，即至战国赋敛繁重，然孟荀力主薄租税，曾未讥及六畜；韩非、吕不韦已至战国之末，其书亦不一及；则战国时尚未六畜有征。《汉书·昭帝纪》："元凤二年……其令郡国毋敛今年马口钱。"《注》文颖曰："往时马口出敛钱。"《西域传》："算至车船，租及六畜。"盖武昭之世，国家多故，财匮不足，而桑孔之徒，又善巧立名目，故车船六畜，无不有税，而班氏特表而出之，以志感喟。此篇论"六畜有征"之害，必在征税既行，弊端既见之后也。

（2）篇中又曰："上卖官爵，十年而亡。"按卖官鬻爵，亦似始于西汉。《仪礼·丧服传》注："爵谓天子、诸侯、卿、大夫、士也。"《周礼·大宰》注："爵谓公、侯、伯、子、男、卿、大夫、士也。"《礼记·中庸》注："爵谓公、卿、大夫、士也。"

公、侯、伯、子、男之封,其权操之天子;卿、大夫、士,容操之各国之君。但太半其来甚早,其承袭甚久(多在周初已袭爵),固非由买卖而得。战国需材孔亟,各国于士卿之外,甄拔奇特之士以为之佐;但太半与官而不与爵,得爵者极少,未闻以金钱买者。至西汉因种种关系,爵多而贱,始得购买;但公、侯、伯、子、男、卿、大夫、士、诸重爵,亦未买卖。《史记·平准书》:"孝文时……募民能输及转粟于边者拜爵,爵得至大庶长。孝景时,上郡以西旱,亦复修卖爵令,而贱其价以招民。……至今上(武帝)……议令民得买爵及赎禁锢,免减罪,请置赏官,命曰武功爵。"又:"始令吏得入粟补官。"(亦在武帝时。)则春秋战国无卖官爵之实(卖官容或有之,卖爵则必无),亦不能有此无的放矢之论也。

(3)篇中有与晁错《贵粟疏》相出入者。《贵粟疏》曰:"民贫则奸邪生,贫生于不足,不足生于不农。"此则曰:"民贫则奸智生,奸智生则邪巧作。故奸邪之所生,生于匮不足;匮不足之所生,生于侈;侈之所生,生于毋度。"《贵粟疏》曰:"粟米布帛生于地,长于时,聚于力。"此则曰:"谷非地不生,地非民不动,民非作力毋以致财,天下之所生,生于用力。"凡两书相出入,定其孰为钞同晚出,有一公式焉;古者简而晦,晚出钞同者繁而显。晁《疏》:"民贫则奸邪生",视之邻于武断。此衍为"民贫则奸智生,奸智生则邪巧作,故奸邪之所生,生于匮不足"。义仍如此,而明达晓畅,视之入情入理矣。晁

《疏》："聚于力"，亦失简晦。此衍为"地非民不动，民非作力毋以致财，天下之所生，生于用力"，则明显多矣。故此篇当在文景之后也。

（4）以农为本，卑商曰末，盛于西汉，产生在战国之末。此篇有曰："悦商贩而不务本货。"本货商贩对举，必指农业无疑。

（5）曰："民有鬻子。"曰："道有损瘠。"曰："商贾之人不论志行而有爵禄。"曰："禽兽行。"皆西汉流行语，而春秋战国所罕见者也。

《法禁》第十四 《法法》第十六——并战国法家作

（1）二篇按名思义，可知为法家言。尤以《法法》一篇科令严明，一切绳之以法，持与《韩非子·定法》等篇较，未易轩轾，此后人所以跻管仲为法家之祖也。余则以为惟其为成熟之法家言，故知为战国书，而非春秋时之管仲书。法家完成，前已据《孟子》《荀子》《韩非子》等书，略论在战国中叶。兹再以《左》《国》《公》《穀》证之，益知春秋时不能产生此种学说。《公》《穀》言法者极鲜，见于《公羊传》者，惟文九年曰："毛伯来求金……非礼也。……继文王之体，守文王之法度；文王之法无求，而求，故讥之也。"成二年曰："欺三军者，其法奈何？曰法斫。"见于《穀梁传》者，惟庄二十九年曰："延厩者，法厩也。"僖二十年曰："南门者，法门也。"定十年曰："使司马行法焉，首足异门而出。""法厩""法门"，与法令之法，毫无关系，余皆礼法常法。（即自然法，欺三军者法斫，与司马行法，皆自然法。）盖春秋时所谓法皆如此。《周语》载晋随武子（会）："讲聚三代之典礼，于是乎修'执秩'以为晋法。"《晋语》亦曰："武子宣法以定晋国，至于今是用。"《左传》宣十六年亦载曰："武子归而讲求典礼，以修晋国之法。"考"执秩"之法，亦见《左传》。《左传》僖二十七年，晋文公欲用其民。"子犯曰：'民未知礼，未生其共。'于是乎大蒐以示之礼，作'执秩'以正其官。"则其法，礼法也。《晋语》又曰："先王之法志，德义之府也。"《左传》成十二年又记楚子反谓晋郤至曰："如天之福，两君相见，无亦唯是一矢以相加遗，焉用乐？"郤至曰："共俭以行礼，而慈惠以布政，政以礼成，民是以息。……今吾子之言，乱之道也，不可以为法。"其法亦即礼法。《鲁语》："季康子欲以田赋，使冉有访诸仲尼，仲尼不对；私于冉有曰：'……若子季孙欲其法也，则有周公之籍矣；若欲犯法，则苟而赋，又何访焉？'"《左传》哀十一年亦载之，谓孔子曰："君子之行也，度于礼：施取其厚，事举其中，敛从其薄，如是则以丘亦足矣。若不度于礼，而贪冒无厌，则虽以田赋，将又不足。且子季孙若欲行而法，则周公之典在；若欲苟而行，又何访焉？"周公作礼者也，所谓周公之法、周公之典，当然不若法家之法、法家之典。且孔子之言，以礼为之说，则亦礼法也。《左传》文六年："宣子于是乎始为国政，制事典，正法罪，辟刑狱，董逋逃，由质要，治旧洿，本秩礼，续常职，出滞淹；既成，以授太傅阳子与太师贾佗，使行诸晋国，以为常法。"《周语》单子与周定王论陈国曰："陈国道路不可知，田在草间，功成而不收，民罢于逸乐，是弃先王之法制也。"则又以制度为法，亦礼制礼法也。《周语》："夫子而弃常法，以从其私欲。"《越语》："死生因天地之刑。"韦《注》："刑，法也。"又曰："天道皇皇，日月以为常，明者以为法，微者则是行。"《左传》昭二十六年："奖顺天法。"皆自然法也。又昭七年，楚无宇曰："周文王之法曰'有亡荒阅'，所以得天下也。吾先君文王作'仆区'之法：'盗所隐器，与盗同罪。'所以封汝也。"亦皆极简单自然之法，与法家之法不同。《周语》曰："若启先王之遗训，省其典图刑法，而观其废兴者，皆可知也。其兴者必有夏吕之功焉，其废者必有共鲧之败焉。"则其刑法，乃所谓典刑，非法令也。《左传》《公》《穀》言法，尽于此矣；即有未尽，亦无关宏旨者也。

法家所谓法，据《韩非子·显学》篇："为治者用众而舍寡，故不务德而务法。""用众而舍寡"，与《礼记》"礼不下庶人"异。"不务德而务法"，与"先王之法制，德义之府也"异。法家之所谓法，据《韩非子·定法》篇曰："法者，宪令著于官府，刑罚必于民心，赏存乎慎法，而罚加乎奸令者也。"又

《难三》篇曰:"法者,编著之图籍,设之于官府,而布之于百姓者也。"此亦春秋时所不能产生。《左传》昭六年:"郑人铸刑书,叔向使诒子产书曰:'昔先王议事以制,不为刑辟,惧民之有争心也。……民知有辟,则不忌于上,并有争心,以征于书,而徼幸以成之,弗可为矣。'"又昭二十九年:"晋国一鼓铁以铸刑鼎,著范宣子所为《刑书》焉,仲尼曰:'晋其亡乎,失其度矣。夫晋国将守唐叔之所受法度,以经纬其民,卿大夫以序守之,民是以能尊其贵,贵是以能守其业,贵贱不愆,所谓度也。文公是以作执秩之官,为被庐之法,以为盟主。今弃是度也,而为刑鼎;民在鼎矣,何以尊贵?贵何业之守?贵贱无序,何以为国?'"盖春秋直至战国初年,政治家及政治思想家,主用礼,不主用法,且深藏固密,使民人不得与闻。直至《老子》书犹曰:"国之利器,不可以示人。"《国语》虽曰:"夫耳内(同纳)和声,而口出美言,以为宪令,而布诸民。"又曰:"布宪施舍于百姓。"但皆就乐言,非就法言。《楚语》载屈到死,子木言其"承楚国之政,其法刑在民心,而藏在王府,上之可以比先王,下之可以训后世"。《左传》言遗法者甚多,乃法范或法制之议,非若法家所言之条法律令也。如《鲁语》:"庄公如齐观社,曹刿曰:'……夫齐弃太公之法,而观民于社,君为是举而往观之,非故业也,何以训民?……君举必书,书而不法,后嗣何观?'"(《左传》庄二十三年亦载之)以观社为非法,则法乃法制;"后嗣何观",则又有遗法以为后嗣模范之义。又:"庄公丹桓宫之楹,而刻其桷,匠师庆言于公曰:'臣闻圣王公之先封者,遗后之人法,使无陷于恶。'"以丹楹刻桷为法,则法亦法制法范之义。又展禽论祀,臧文仲曰:"季子(展禽字)之言,不可不法也。"亦法制法范之义。《左传》文六年,秦伯卒,以子车氏之三子殉,君子曰:"先王违世,犹诒之法。……古之王者,知命之不长,是以……予之法制。……今纵无法以遗后嗣,而又收其良以死,难以在上矣。"亦明著为法制之法。屈到既为政,盖遗政在民,而载之王府所藏之史,其亦法范法制之义,非法家"编著之图籍,设之于官府,而布之于百姓"之法也。

法家对于法之观念,据《韩非子·诡使》篇曰:"法令行而私道废矣。私者,所以乱法也;而士有二心私学,岩居窘路,托伏深虑,大者非世,细者惑下,上不禁,又从而尊之以名,化之以实,是无功而显,无劳而富也。如此,则士之有二心私学者,焉得无深虑勉知,诈与诽谤法令,以求索与世相反者也。"此种以法为神圣不可侵犯之说,亦与春秋时代之重贤尚德不同。

法家对于法之观念,据《史记·商君传》:"法之不行,自上犯之。"与荀子"由士以上,则必以礼乐节之;由士以下,则必以法制之"异。

法家对于法之观念,据《韩非子·用人》篇:"释法术而心治,尧不能正一国。"慎子亦极力反对"君人者,舍法而以身治"。此亦与春秋时之说异。《鲁语》及《左传》庄十年载长勺之战,"庄公谓曹刿曰:'小大之狱,虽不能察,必以情。'对曰:'忠之属也,可以一战。'"断狱以情,不以法,实即法家最忌之心治。又《左传》宣十五年:"君能制命为令,臣能承命为信。"则直以君言为法令,更法家所最忌。

再检《管子》此二篇。《法禁》篇:"法制不议,则民不相私。"又曰:"君之置其仪也不一,则下之倍法而立私理者必多矣。是以人用其私,废上之制,而道其所闻。故下与官列法,而上与君分威,国家之危,必自此始矣。昔者圣王之治其民也,不然。废上之法制者,必负以耻。……昔者圣王之治人也,不贵其人博学也,欲其人之和同以听令也。……拂世以为行,非上以为名,常反上之法制,以成群于国者,圣王之禁也。"《法法》篇:"明君在上位,民毋敢立私议自贵者,国毋怪严,毋杂俗,毋异礼;士毋私议,倨傲易令,错仪画制,作议者,尽诛。……彼下有立其私议,自贵分争而退者,则令自此不行矣。故曰,私议立则主道卑矣。况主倨傲易令,错仪画制,变易风俗,诡服殊说犹立,上不行君令,下不合于乡里。……不牧之民,绳之外也;绳之外诛。"此与《韩非子·诡使》篇之意同也。《法禁》篇曰:"法制不议,则民不相私;刑罚毋赦,则民不偷于为善;爵禄毋假,则下不乱其上。三者藏于官则为法,施于国则成俗。"《法法》篇曰:"禁胜于身,则令行于民矣。"又曰:"不为君欲变其令,令尊于君。……不为爱民亏其法,法爱于民。"此与韩非子"用众"及商君"法行自上"之主张同,与慎子韩非子力斥"释法而以身治"之说,亦无不同也。《法法》篇力言毋赦,谓:"赦出则民不敬,惠行则过日益,惠赦加于民,而囹圄虽实,杀戮虽繁,奸不胜矣"。谓:"凡赦者,小利而大害者也,故久而不胜其祸。毋赦者,小害而大利者也,故久而不胜其福。故赦者,奔马之委辔;毋赦者,痤疽之砭石也。"谓:"惠者,多赦者也,先易而后难,久而不胜其祸。法者先难而后易,久而不胜其福。故惠者,民之仇雠也;法者,民之父母也。"《法禁》篇亦主"刑杀毋赦",此与"务法不务德"之说同。其思想无处不与战国法家同,与春秋之说异。管子远在春秋初叶,安得有此违反时代预同数百年后之说?《齐语》记鲍叔牙称管仲曰:"制礼义可法于四方,(臣)弗若也。"则管子思想,固与春秋时代同,而此必战国法家之作无疑矣。

(2)《法法》篇两曰:"故《春秋》之记,臣有弑其君,子有弑其父者矣。"孔子以前之史,固亦多称《春秋》者,而连以"臣弑其君,子弑其父",则战国称孔子《春秋》之词。如孟子曰:"臣弑其君者有之,子弑其父者有之,孔子惧,作《春秋》。"(《滕文公下》)亦可为成于战国之副证也。

《重令》第十五——秦末汉初政治思想家作

此篇亦带极浓厚之法家色彩。如曰:"令出虽自上,而论可与不可者在下。夫倍上令以为威,则行恣于己以为私,百吏奚不喜之有?且夫令出虽自上,而论可与不可者在下,是威下系于民也。威下系于民,而求上之毋危,不可得也。"可知必在法家完成之后。再考篇中曰:"菽粟不足,末生不禁,民必有饥饿之色。"又曰:"畜长,树艺,务时,殖谷,力农,垦草,禁止末事者,民之经产也。"本农末商,盛于汉初,发生远不过战国之末,则此篇之作,亦在秦汉之间矣。

《兵法》第十七——秦汉兵家作

此篇为兵家言,非春秋时书,无问题。其问题在作者年代。篇中发端即曰:"明一者皇,察道者帝,通德者王,谋得兵胜者霸。"王霸之分,起于战国中世;益之以帝,起战国末世;此又益以皇,其时已在秦汉矣。(详本书《附录三》)

第三章 《内言》九篇

《大匡》第十八——战国人作

（1）此篇记事有明袭《左传》者。凡两书同记一事，欲考其先后，有一要诀：前者每失之晦，后者惩其失而修正之，必较前者显明。今将此篇与《左传》同记一事而文字小异者列下，其为袭《左传》，而非《左传》本事，可一望而知。

左传

僖公之母弟曰夷仲年，生公孙无知，有宠于僖公，衣服礼秩如适。襄公绌之。（庄八年）

大匡

僖公之母弟夷仲年，生公孙无知，有宠于僖公，衣服礼秩如适。僖公卒，以诸儿长，得为君，是为襄公。襄公立后，绌无知。

"僖公之母弟曰夷仲年"，此篇无"曰"字，皆可以明，无甚关系。"襄公绌之"一语，则《左传》实伤简，而有突如其来莫明所以之病。此篇易为"僖公卒，以诸儿长，得为君，是为襄公。襄公立后，绌无知"。则显明多矣。

左传

春，公会齐侯于泺，遂及文姜如齐。齐侯通焉，公谪之；以告。夏四月丙子，享公，使公子彭生乘公，公薨于车。（桓十八年）

大匡

……公不听，遂以文姜会齐侯于泺，文姜通于齐侯。桓公闻，责文姜。文姜告齐侯。齐侯怒，飨公，使公子彭生乘鲁侯，胁之。公薨于车。

"齐侯通焉"，通谁？"公谪之"，谪谁？"以告"，谁以告？

告于谁？"享公"，谁享公？"公子彭生乘公"，用何法？《左传》皆似简晦；必连上下文读之，其意始明。《大匡》于"齐侯通焉"，易为"文姜通于齐侯"；于"公谪之"，易为"桓公闻，责文姜"；于"以告"，易为"文姜告齐侯"；于"享公"，易为"齐侯怒，飨公"；于"使公子彭生乘公"，易为"使公子彭生乘鲁侯，胁之"。实较《左传》明显。

不惟此也，其叙连称管至父戍葵丘，叙襄公田于贝丘，皆全同《左传》。(戍葵丘，田贝丘，并见《左传》庄八年。)《左传》此两段与他处文笔相同，不似割裂他书以置之；而管子之文，极不一律，亦足征其钞袭《左传》，非《左传》钞袭此书。

不惟此也，尚有一极显著之证迹。此篇前数页皆叙月不叙年，已知其为杂采断烂遗事；而数页之后，忽标"九年"二字，某人九年，前后无见。其下所载之事，为"公孙无知虐于雍廪，雍廪杀无知也"。考《左传》庄公九年，亦载雍廪杀无知，则九年为鲁庄之年。无论记齐事应用齐年；即用鲁年，亦应书明某国某公。今此二字所以无所附丽而成不完全之词句者，缘《左传》于某公开始，特别标出，以下即只书若干年，而不再书某公，此钞录其文，未加检点耳。

(2) 篇中曰："晏子识不仕与耕者之有善者。"又曰："凡仕者近宫，不仕与耕者近门。"考孔子以前，无士农工商之士。(详冯芝生先生《孔子在中国史中之地位》及本书《附录一》)国家政权，操于少数贵族之手，无所谓仕不仕。仕不仕乃对后世士之入仕与否而言,所谓"仕而优则学,学而优则仕"也。(《论语·子张》第十九子夏语）士入仕为仕,无士自然无仕。古无仕不仕之说,故仕宦连文,不见古书。《殷墟书契类编》《金文编》及《诗》《书》六艺皆无仕字。惟《大雅·文王有声》曰:"武王岂不仕。"但《晏子春秋·谏上》引作"武王岂不事"。则今本作仕者,乃后世讹文。至《论语》,仕字乃屡见,除所引"仕而优则学,学而优则仕"外,《阳货》第十七亦曰:"吾将仕矣。"今此篇屡曰仕者,不仕者,是其成书必在《论语》后矣。且篇中又曰:"士处靖,敬老与贵,交不失礼,行此三者为上举,得二为次,得一为下。耕者农,农用力,应于父兄,事贤多,行此三者为上举,得二为次,得一为下。令高子进工贾,应于父兄,事长养老,承事敬,行此三者为上举,得二为次,得一为下。"又曰:"士出入无常,不敬老而营富,行此三者,有罪无赦。耕者出入不应于父兄,用力不农,不事贤,行此三者,有罪无赦。……工贾出入不应父兄,承事不敬,而违老治危,行此三者,有罪无赦。"已有士农工贾之士,益征其作于战国之时,孔子之后也。且晏子与孔子同时,此篇追记晏子,非在孔晏之后,安能有此?

《中匡》第十九——疑亦战国人作

此篇文甚短小,从文字之内容与形式,寻不出时代色彩。

但战国前无私家著作,《管子》全书,产生甚晚(详本书《附录一》),此篇亦不能独外,故亦暂认为战国作品。总之,大中小三《匡》杂记桓公管仲事迹,小半可征信于《左传》《国语》,大半书阙有间,稽考无由。《大匡》知必在《左传》之后,《小匡》更在汉初,《中匡》一篇,时代难定,而以彼例此,亦有战国秦汉嫌疑。谓其为桓公管仲施政之真,则《大匡》所记,已先举一说,后列或曰,大相径庭,不能皆是。谓为捏造,则必不举或曰,故使人疑。盖以《左》《国》及齐《春秋》(《墨子》载齐之《春秋》,但至战国中世以后,有无流传,尚有问题)等书为底本,而以社会流传疑信之说附益以成也。

《小匡》第二十——汉初人作

(1)篇中与《国语·齐语》同者甚多,二书比较,知其在《齐语》后。

齐语

桓公曰:"夫管夷吾射寡人中钩,是以滨于死。"鲍叔对曰:"夫为其君动也,君若宥而反之,夫犹是也。"桓公曰:"若何?"

小匡

公曰:"管夷吾亲射寡人中钩,殆于死,今乃用之,可乎?"鲍叔曰:"彼为其君动也,君若宥而反之,其为君亦犹是也。"公曰:"然则为之奈何?"

《齐语》于"是以滨于死"下,即不再为桓公言,甚为简古。《小匡》续以"今乃用之,可乎?"则明浅多矣。《齐语》"夫犹是也"之"夫"字,《小匡》改为"亦",并益以"其为君"三字;《齐语》"若何",《小匡》改为"然则为之奈何",皆视《齐语》明显而浅近。

齐语

昔吾先王昭王穆王……竖本肇末。

小匡

昔吾先王周昭王穆王……原本穷末。

《齐语》无"周"字,实失含混。"竖本肇末"亦较"原本穷末"为古。(《齐语》曰"班序颠毛",《小匡》作"粪除其颠旄"。"粪除"二字,在此费解。安井衡《纂诂》谓:"当依《齐语》作班序,声之误也。"误字讹文,不得据以定今古。)

齐语

四民者,勿使杂处;杂处则其言哤,其事易。

小匡

士农工商四民者,国之石民也,不可使杂处,杂处则其言哤,其事乱。

《小匡》于"四民"之上,冠以"士农工商"四字,以指明"四民"之谓何,亦见其力求明显,足为晚出之证。至改"易"字为"乱"字,更为显著。《晋语》:"是哀乐喜怒之节易也。"又:"好恶不易。"韦《注》并云:"反也。"《易·系辞》:"易以贡。"《释文》:"易,谓变易。"《释名·释典艺》:"易,易也,言变易也。"《晋语》:"子韦易之。"韦《注》:"易,变也。"则易有变反不常之义。《齐语》:"其言哤,其事易。"谓其言哤杂,其事变易不常,不能专心一志,以竟其功。《小匡》以"易"字难解而有歧义,故改为"乱"字,古奥浅近之别,一望而悉矣。

齐语

击萻、除田……尽其四支之敏。

小匡

击槁除田……尽其四支之力。

《齐语》作"萻",《小匡》作"槁"。(安井衡《纂诂》:"槁疑当为稿,谓末根在田者以枷击坏之。")"萻"不经见,除《国语》外,于古书无征。(《唐韵》及《类编》即收入矣)但其字从草,呆声,于字例甚合。《小匡》晚出,见其奇怪,故易为"槁"。至"敏"改为"力",更显趋浅近。尤须注意者,《小匡》于叙农之后,较《齐语》多:"故以耕则多粟,以仕则多贤,是以圣王敬畏戚农。""仕"字,《论语》前未见,前已略为之说,独于农,谓"圣王敬畏戚农",工商则否,此后世重农卑工商之思想。管子以泻卤之齐,兴鱼盐之利,以富国为天下盟主,自当独重商贾;否则亦必农商等视,决不重农贱工商也。《国语》所记,正无此数句,足征《小匡》之作,在重农之后也。

齐语

相语以利,相示以赖。

小匡

相语以利,相示以时。

"赖"字不若"时"字之浅易。

齐语

于子之乡,有居处好学,慈孝于父母,聪惠质仁,发闻于乡里者,有则以告;有而不以告,谓之蔽明。……于子之乡,有拳勇股肱之力,秀出于众者,有则以告;有而不以告,谓之蔽贤。

小匡

于子之乡,有居处为义好学,聪明质仁,慈孝于父母,长弟闻于乡里者,有则以告;有而不以告,谓之蔽贤。……于子之乡,有拳勇股肱之力,筋骨秀出于众者,有则以告;有而不以告,谓之蔽才。

《小匡》移"聪明(《齐语》作惠)质仁"于"慈孝于父母"之前；于"闻于乡里"之上，增"长弟"二字。意谓有"聪明质仁"之质，又有"慈孝于父母，长弟于乡里"之实，较《齐语》圆满而显豁。《小匡》又加"筋骨"二字，以实"拳勇股肱"。《齐语》谓前者为"明"，后者为"贤"，亦不若《小匡》谓前者为"贤"，后者为"才"之惬心贵当也。

齐语

訾相其质。

小匡

省相其质。

"訾"字不及"省"字易解。

齐语

无夺民时，则百姓富。

小匡

无夺农时,则百姓富。

"民时"改为"农时",亦征为重农后之作。

齐语

地南至于㽞阴,西至于济,北至于河,东至于纪酅。

小匡

地南至于岱阴,西至于济,北至于海,东至于纪随。

㽞阴,韦《注》:"地名,齐南界也。"此亦想当然耳,韦氏亦无他证;但既曰"南至于㽞阴",则谓为齐南界地名,自无大误。《小匡》以㽞阴无征,遂改为岱阴。酅,韦《注》:"纪季之邑,已入于齐也。"但其地亦不如随之有名,故《小匡》作者亦遂改为随耳。

(2)据(1)证在《国语》后固矣,而谓在汉初者何也?《齐语》:"故士之子恒为士","故工之子恒为工","故商之子恒为商","故农之子恒为农"。四"恒"字,《小匡》皆改为

"常"，此汉人避文帝讳也。

（3）篇中曰："南至吴、越、巴、牂牁、鴖、不庾、雕题、黑齿、荆夷之国。"考《史记·西南夷列传》："始楚威王时，使将军庄蹻将兵循江上，略巴蜀黔中以西。庄蹻者，故楚庄王苗裔也。蹻至滇池，地方三百里，旁平地肥饶数千里，以兵威定属楚。欲归报，会秦击夺楚巴黔中郡，道塞不通，因还，以其众王滇，变服，从其俗以长之。秦时，常頞略通五尺道，诸此国颇置吏焉。十余岁，秦灭。及汉兴，皆弃此国，而开蜀故徼，巴蜀民或窃出商贾，取其笮马僰童髦牛，以此巴蜀殷富。建元六年，大行王恢击东越，东越杀王郢以报。恢因兵威，使番阳令唐蒙风指晓南越。南越食蒙蜀枸酱，蒙问所从来，曰：'道西北牂牁，牂牁江广数里，出番禺城下。'蒙归至长安，问蜀贾人，贾人曰：'独蜀出枸酱，多持窃出市夜郎。夜郎者，临牂牁江。江广百余步，足以行船。南越以财物役属夜郎，西至同师，然亦不能臣使也。'蒙乃上书说上曰云云（书词略），上许之。乃拜蒙为郎中将，将千人，食重万余人，从巴蜀笮关入，遂见夜郎侯多同。蒙厚赐，喻以威德，约为置吏，使其子为令。夜郎旁小邑皆贪汉缯帛，以为汉道险，终不能有也，乃且听蒙约。还报，乃以为犍为郡，发巴蜀卒治道，自僰道指牂牁江。"（《汉书·西南夷传》略同）张守节《正义》引崔浩云："牂牁，系船杙也。常氏《华阳国志》云：'楚顷襄时，遣庄蹻伐夜郎，军至且兰，椓船于岸而步战，既灭夜郎，以且兰有椓船柯处，乃改其名曰牂牁。'"今按《华阳国志》，晋常璩撰，时代甚晚，未足为据。若庄蹻已灭夜郎，据《史记》，蹻变服为滇王，谓："秦灭诸侯，唯楚苗裔尚有滇王；汉诛西南夷，国多灭矣，唯滇复为宠王。"是庄氏未尝绝祀，则夜郎亦未能复兴，唐蒙又安得见夜郎侯？常氏书盖演庄蹻灭滇而误。然则牂牁之通中国，实始于汉，而此篇之作，更在其通中国后矣。(牂牁，牂牁，音同字通。)

《王言》第二十一——亡，疑战国中世以后人作

此篇虽亡，而即题思义，当言王道之作，其时代必在孟子分析王霸之后也。

《霸形》第二十二 《霸言》第二十三
——并战国中世后政治思想家作

（1）二篇睹名思义，知为以政言霸。检篇中语，亦实在如此。《霸形》篇："管子对曰：'君有霸王之心，而夷吾非霸王之臣也。'"又曰："管子对曰：'君若将欲霸王举大事乎？则必从其本事矣。'桓公变躬迁席拱手而问曰：'敢问何谓其

本？'管子对曰：'齐国百姓，公之本也。人甚忧饥而税敛重，人甚惧死而刑政险，人甚伤劳而上举事不时。公轻其税敛，则人不忧饥；缓其刑政，则人不惧死；举事以时，则人不伤劳。……近者示之以忠信，远者示之以礼义。'""示之以忠信礼义"，孟子所谓"以力假仁者霸"也，纯为抽取霸者行事而著为一种政治学者之言也。《霸言》篇曰："霸王之形，象天则地，化人易代，创制天下，等列诸侯，宾属四海，时匡天下，大国小之，曲国正之，强国弱之，重国轻之，乱国并之，暴王残之；僇其罪，卑其列，维其民，然后王之。夫丰国之谓霸，兼正之国之谓王。夫王者有所独明，德共者不取也，道同者不王也。夫争天下者以威易危，暴王之常也。君人者有道，霸王者有时；国修而邻国无道，霸王之资也。"又曰："夫善用国者，因其大国之重，以其势小之；因强国之权，以其势弱之；因重国之形，以其势轻之。强国众，合强以攻弱，以图霸；强国少，合小以攻大，以图王。强国众而言王势者，愚人之智也；强国少而施霸道者，败事之谋也。夫神圣视天下之形，知动静之时，视先后之称，知祸福之门。强国众，先举者危，后举者利；强国少，先举者王，后举者亡。战国众，后举可以霸；战国少，先举可以王。"若此者甚多，不必备列。以政治言王霸，知在战国中世之后矣。

（2）《霸形》篇曰："削方墨筆。"考"筆"字产生甚晚。《说文·聿部》："聿，所以书也，楚谓之聿，吴谓之不律，燕谓之弗。"又："秦谓之筆，从聿从竹。"钮玉树《说文解字校录》曰："聿筆实一字，蒙恬始束毫为筆，故秦谓之筆耳。"王筠《说文系传校录》曰："聿便是筆，筆仍是聿。说解云：秦谓之筆，以其音而言，非以字形言也。"依钮说：则筆聿虽实一字，而自蒙恬束毫之后始谓之筆。依王说：则筆即聿，聿即筆。今检古经聿字甚多，如《诗·文王》："聿修厥福。"《蟋蟀》："岁聿云莫。"《绵》："聿来胥宇。"《左传》昭二十六年："聿怀多福。"《金文编》收四文，《壶文》作 ，《女帚卣》作 ，又作 ，《甚谋鼎》作 。《殷墟书契前编》卷七收 ，《后编》下收 ，亦皆聿之别体，而绝无筆字。（"孔子作《春秋》，筆则筆，削则削"，语出《尚书序》，汉人之说解也。）声音之道，因地而转，亦因时而转。古曰聿，后世曰筆，盖以声音变转而异，钮氏"束毫为筆"之说，未必然也。《赵策》："臣少为刀筆（一作笔）吏。"《齐策》："建曰：'请书之。'君王后曰：'善，取筆牍。'"则聿转为筆，盖在战国。而此文之作，亦远不过战国也。

《问》第二十四——战国政治思想家作

（1）发端即曰："凡立朝廷，问有本纪：爵授有德，则大臣兴义；禄予有功，则士轻死节；上帅士以人之所戴，则上下和；授事以能，则人上功；审刑当罪，则人不易讼；无乱社稷宗庙，则人有所宗；毋遗老忘亲，则大臣不怨；举知人急，则众不乱行。此道也，国有常经，人知终始，此霸王之术也。"以霸王之业，作政治学之研究，知在战国中世以下。

（2）仕字，《论语》前不见，前已考论。此篇曰："馀子仕而有田邑。"亦产生于战国之一证。

《谋失》第二十五——亡，无考

《戒》第二十六——战国末调和儒道者作

（1）篇中多道家言，如："管仲复于桓公曰：'无翼而飞者声也，无根而固者情也，无方而富者生也。公亦固情谨声，以严尊生，此谓道之荣。……滋味动静，生之养也；好恶喜怒哀乐，生之变也；聪明当物，生之德也。是故圣人齐滋味而时动静，御正六气之变，禁止声色之淫，邪行亡乎体，违言不存口，静然定生，圣也。……所以谓德者，不动而疾，不相告而知，不为而成，不召而至，是德也。'"皆道家言也。如："孝弟者，仁之祖也；忠信者，交之庆也。内不考孝弟，外不正忠信，泽其四经，而诵学者，是亡其身者也。"则又儒家言也。兼取儒道以为用，必在二家有相当成立之后。儒家虽自孔子已成立；而道家成立，则直待战国中世之老庄。（老子在孔子后，详本书《附录一》。）则此篇之作，必在战国中世以降。且名书曰经，于古未见，章实斋《经解上》曰："《易》曰：'云雷屯，君子以经纶。'经纶之言，纲纪世宙之谓也。郑氏《注》谓：'论撰《书》《礼》《乐》，施政事。'经之命名，所由昉乎？然犹经纬经纪云尔，未尝明指《诗》《书》六艺为经也。……至于官师既分，处士横议，诸子纷纷著书立说……儒家者流，乃尊六艺而奉以为经。……《荀子》曰：'夫学始于诵经，终于习礼。'《庄子》曰：'孔子谓老聃曰：丘治《诗》《书》《礼》《乐》《易》《春秋》六经，自以为久矣。'又曰：'繙十二经以见老子。'"今按：庄子言六经云云见《天运》篇，十二经云云见《天地》篇，皆非庄子作，其时代颇有问题，故须以《荀子》为据。《荀子》以经与礼对言，则礼尚不称经，但经究为书名。此曰四经，尹《注》："谓《诗》《书》《礼》《乐》。"意度之词，未必尽是，但四经究指四种书。以书名经，始见《荀子》，前古无征，亦时在战国之一证也。

（2）"仁内义外"之说，倡自告子，古无有也。故告子之与孟子驳辩，据为己说，不引古证；孟子呵斥，亦只针对告子。今此篇曰："仁从中出，义从外作。"知在告子之后。

（3）篇中曰："以善胜人者，未有能服人者也；以善养人者，未有不服人者也。"亦似汲取《孟子》"以善服人者，未有能服人者也；以善养人，然后能服天下"(《离娄下》)之言也。（以善服人之服字，确不如以善胜人之胜字著明，益足证为汲取《孟子》而加以润色修正无疑。）

第四章 《短语》十八篇

《地图》第二十七——最早作于战国中世

此篇媕俗靡弱,不似先秦文字,而幅短字少,不得确凿实据之时代色彩;故究为何时人作,颇难臆定。惟置"相"始于战国中世,前此未闻。(说见前)篇中谓:"主明,相知,将能之谓参具。"又谓:"论功劳,行赏罚,不敢蔽贤,有私行,用货财,供给军之求索,使百吏肃敬,不敢解怠行邪,以待君之令,相室之任也。"则其时代,决不能超过战国中世而上也。

《参患》第二十八——汉文景以后人作

(1)篇中有与《汉书·晁错传》晁错《言兵事书》相袭者,

今比较于下,知为钞晁书而略加变换。

言兵事书

兵不完利,与空手同;甲不坚密,与袒裼同;弩不可以及远,与短兵同;射不能中,与亡矢同;中不能入,与亡镞同;此将不省兵之祸也,五不当一。故兵法曰:"器械不利,以其卒予敌也;卒不可用,以其将予敌也;将不知兵,以其主予敌也;君不择将,以其国予敌也;四者:兵之至要也。"

参患

得众而不得其心,则与独行者同实;兵不完利,与无操者同实;甲不坚密,与伐者同实;弩不可以及远,与短兵同实;射而不能中,与无矢者同实;中而不能入,与无镞者同实;将徒人,与伐者同实;短兵待远矢,与坐而待死者同实。故凡兵有大论,必先论其器,论其士,论其将,论其主。故曰:器滥恶不利者,以其士予人也;士不可用者,以其将予人也;将不知兵者,以其主予人也;主不积务于兵者,以其国予人也。

"同"增为"同实","器械不利"增为"器滥恶不利"。又前后皆增多数句,古者简而晦,近则繁而显,故知袭晁书,非晁书袭此。且晁书此段之前,言如何如何"二不当一",如何如何"十不当一",如何如何"百不当一",如何如何"三不当一",如何如何"二不当一",如何如何"三不当一",如何如何"百不当十";与此如何如何"五不当一",排比而下,确相联贯。此篇此段之前,为"故计必先定,而兵出于竟;计未定而兵出于竟,是战之自败,攻之自毁者也"。前后两橛,有割裂箝置之痕;"计必先定"数语,亦见本书《七法》选陈一节,可知此为百衲袈裟也。

(2) 战国除儒道两家外,言用兵之害者甚鲜。至一面论兵,似兵家言;而一面又极力论用兵之靡财费时,乃西京之风,战国所无。此篇鸟瞰全文,确为兵家之书。而曰:"一期之师,十年之蓄积殚;一战之费,累代之功尽。"亦西汉文景以后人作之一证也。("一战之费,累代之功尽。"似指文景之蓄积,耗于武帝,以无他证,未敢遽以为然也。)

《制分》第二十九——疑战国兵家作

此篇文字上无时代色彩之证佐,然审全篇为兵家言。(通篇皆言征伐致胜之道,不容举例,举例则须将全篇钞下。)兵家成立于战国,说已见前。《汉志·兵书略》无战国以前书;即有之,皆赝作,故此篇当亦为战国人所著者。

《君臣上》第三十 《君臣下》第三十一
——并战国末政治思想家作

（1）考"主"字古泛指有治民之责者，非君王之专称。《书·多方》："天惟求民主，乃大降显休命于成汤。"《左传》襄十八年，齐太子与郭荣谏齐王曰："且社稷之主，不可以轻，轻则失众，君必待之。"斯固指君主；但亦用以称世卿大夫。宣二年："宣子（赵）骤谏，公（晋灵公）患之，使鉏麑贼之。晨往，寝门辟矣，盛服将朝，尚早，坐而假寐。麑退而叹曰：'不忘恭敬，民之主也。'"昭元年鍼曰："赵孟将死矣，主民玩岁而愒日，其与几何？"十六年："郑六卿饯宣子（韩）于郊，宣子曰：'……二三君子，数世之主也。'"故"主"字非君王之专称，不能为君王之代名字。逮战国中世以降，诸子著书，曰主，曰人主，率为君王之专称，不得用于他人矣。《荀子·儒效》篇："成王冠成人，周公归周反籍焉，明不灭主之义也。"又："人主用之，则势在本朝而宜。"《富国》篇："知夫为人主上者，不美不饰之不足以一民也。"《韩非子·有度》篇："忘主外交，以进其与。"又："不壹至主之廷。"又："然则主有人主之名，而实托于群臣之家也。"《二柄》篇："明主之所导制其臣者。"如此者甚众，不胜枚举。然则以主为君王之专称，实始于战国中世以后。今《君臣上》曰："能上尽言于主。"又曰："则百姓上归亲于主。"又曰："而臣主之道毕矣。"又曰：

"主画之,相守之。"又曰:"则人主失威。"又曰:"主道得,贤材遂,百姓治,治乱在主而已。"又曰:"主身者,正德之本也。"又曰:"大臣假于女之能以规主情。"又曰:"人主之位也。"又曰:"贤人之臣其主也。"《君臣下》亦曰:"狡妇袭主之请(请通情)。"又曰:"臣主之参。"又曰:"上啖其主。"则其作书年代,最早在战国中世以下矣。

(2)置相在六国之世,说已见前。《君臣上》曰:"君明相信。"又曰:"道德出于君,制令传于相。"又曰:"主画之,相守之;相画之,官守之。"又曰:"岁一言者君也,时省者相也。"《君臣下》曰:"有道之君者执本,相执要。"又曰:"故其立相也,陈功而加之以德,论劳而昭之以法。"又曰:"朝有疑(同拨)相之臣。"又曰:"相必直立以听。"知其时代在六国时也。

(3)古者学术在官,平民颇少求学机会,乃势也,非故意愚民也。考《左传》僖公二十七年,晋文公始入而教其民,二年欲用之,子犯告以"民未知义""民未知信""民未知礼"。于是示之义,示之信,示之礼,必待"民听之不惑而后用之"。及孔孟论政,更欲民明,而不愿民愚。《论语·子路》篇:"子适卫,冉有仆。子曰:'庶矣。'冉有曰:'既庶矣,又何加焉?'曰:'富之。'曰:'既富矣,又何加焉?'曰:'教之。'"《阳货》篇其高第弟子子游亦曰:"君子学道则爱人,小人学道则易使也。"孟子一再倡言"谨庠序之教"(《梁惠王上》两见:一告梁惠王,一告齐宣王),谓:"人之有道也,饱食煖衣,逸居而无教，则近于禽兽。"(《滕文公上》)知孔孟而上，皆求民明。《论语·泰伯》篇："子曰：'民可使由之，不可使知之。'"此欲民之知，而伤其不能，非愚民政策也。何晏《集解》谓："由，用也，可使用而不可使知者，百姓能日用而不知。"邢昺《疏》亦引《正义》曰："此章言圣人之道深远，人不易知也。"后人据此谓孔子倡愚民之策，误矣。愚民之策，倡于儒家后之道家。《庄子·山木》篇："南越有邑焉，名为建德之国，其民愚而朴。"《老子》曰："绝圣弃智，民利百倍。"又曰："古之善为道者，非以明民，将以愚之。民之难治，以其智多。"(世每以为老子在孔子前，其实不然。说详梁任公先生《评胡适之中国哲学史大纲》及本书《附录一》。)今《君臣下》曰："明君在上，忠臣佐之，则齐民以政刑，牵于衣食之利，故愿而易使，愚而易塞。"知其在道家之后也。

(4)《君臣下》曰："齐民食于力则作本，作本者众，农以听命。"以农为本，亦作于战国末年之证。

《小称》第三十二——战国儒家作

此篇重"畏民"，重"有过则反之于身，有善则归之于民"。重"恭逊敬爱之道"。谓："泽之身则荣，去之身则辱。"颇似儒家荀子一派之言。且篇中言及毛嫱西施，西施为吴王夫差宠姬，则其时代必在春秋之后，战国之时焉。

《四称》第三十三——疑亦战国人作

此篇时代，颇难臆定。但自春秋以前，除诗歌谣谚之外，韵文极少。此为四言韵语，似乎不在春秋之世。而以"伏"韵"殖"，以"夜"韵"处"，以"服"韵"疑"，以"常"韵"从"，其音甚古，与汉代不同，故疑亦战国人作。

《正言》第三十四——亡，无考

《侈靡》第三十五——战国末阴阳家作

（1）本农末商，肇自战国之末，而此篇曰："地重人载（同栽），毁敝而养不足，事末作而民兴之。"又曰："市也者，劝也；劝者，所以起本，善而末事起，不侈，本事不得立。"（安井衡《纂诂》："言农夫富则百货售，而末事由此以兴发；末业不侈，则菽粟不贵；菽粟不贵，则农怠其业而本事不得立也。"）

（2）王霸之分，约在孟子之时，而此篇曰："王者上事，霸者生功。"

（3）阴阳五行，成于邹衍，前此未闻，有之亦极幼稚，不成专学。（参阅前辩《宙合》篇）而此篇曰："阳者进谋，幾者应感，再杀则齐，然后运可请也。"（《校正》引丁说请当为谋）又曰："运谋者，天地之虚满也，合离也，春秋冬夏之胜也；然有知强弱之所尤，然后应诸侯取交，故知安危。"又曰："其满为感，其虚为亡。满虚之合，有时而为实，时而为动。地阳时贷（《校正》引丁说，当作阴阳时贷，贷与代通），其冬厚则夏热，其阳厚则阴寒。是故王者谨于日至，故知虚满之所在，以为政令。"又曰："夫阴阳进退满虚亡时，其散合可以视岁。唯圣人不为岁，能知满虚，夺余满，补不足，以通政事，以赡民常。地之变气，应其所出；水之变气，应之以精，受之以豫；天之变气，应之以正。且夫天地清气有五，不必为沮，其亟而反，其重烗动毁之进退，即此数之难得者也。此形之时变也。沮平气之阳，若如辞静。余气之潜然而动，爱气之潜然而哀，胡得而治动？"有此浓厚之阴阳家色彩，必在战国末年矣。

《心术上》第三十六　《心术下》第三十七　《白心》第三十八——并战国中世以后道家作

（1）三篇为道家言，人艳称之，无庸质证。道家清静无为，纯任自然之旨,成于老庄。(据《庄子·天下》篇,彭蒙田骈慎到已近似道家,然完成则在老庄。老子之人与书,虽不在孔子前;然确在庄子前。)前此据三《传》《国语》,确无此种思想。《汉志》道家者流,有《伊尹》《太公》《辛甲》《鹖子》诸书,皆伪托,说见本书《附录一》。后世以来,黄老并称,亦以道家者流,喜托黄帝以自重,其书亦皆后人依伪。若此三篇,非战国中世道家成立以后之作,而为春秋之书,或竟出管子之手,则老庄之言,皆为钞袭,不应成为一家之学,而春秋之世,不应绝无道家思想。故以思想系统而论,必在老庄之后。

(2) 以思想系统言,容不足以见谅于信古之士,再以真凭实据言之。《老子》曰:"失道而后德,失德而后仁,失仁而后义,失义而后礼;夫礼者,忠信之薄而乱之首。"《庄子·知北游》亦曰:"失道而后德,失德而后仁,失仁而后义,失义而后礼;礼者,道之华而乱之首也。"皆至礼而止。以老庄之时,言政者不外道德仁义礼,故评骘优劣,亦唯此五者而已。今《心术上》则曰:"虚无无形谓之道,化育万物谓之德,君臣父子人间之事谓之义,登降揖让贵贱有等亲疏之体谓之礼,简物小未一道(《校正》引丁云:未疑大字之误)杀僇禁诛谓之法。"又曰:"以无为之谓道(《校正》:据尹注以字衍文),舍之之谓德,故道之与德无间。……义者,谓各处其宜也。礼者,因人之情,缘义之理,而为之节文者也。故礼者,谓有理也。理也者,明分以谕义之意也。……法者,所以同出不得不然者也。故杀戮禁诛以一之也。故事督乎法，法出乎权，权出乎道。"于礼外又及于法，则以老庄之时，法家未立，此文之作，法家已成，以此知时代在老庄之后也。

（3）《心术下》有与《庄子·庚桑楚》篇相袭者，兹仍用从文字异同审察年代前后之法，将两文并列于下，以判断之：

庚桑楚

能抱一乎？能勿失乎？能无卜筮而知吉凶乎？能止乎？能已乎？能舍诸人而求诸己乎？

心术下

能专乎？能一乎？能毋卜筮而知吉凶乎？能止乎？能已乎？能毋问于人而自得之于己乎？

"能抱一乎？能勿失乎？"与"能专乎？能一乎？"时代前后，一望而知。"能舍诸人而求诸己乎？"与"能毋问于人而自得之于己乎？"相较，则此文实有嫌于彼文未能显明，遂易"舍诸人"为"毋问于人"，"求诸己"为"自得之于己"。则此袭《庚桑楚》，非《庚桑楚》袭此明矣。《庚桑楚》，庄子后学所作，非出庄子之手（详拙稿《庄子篇章真伪考证》），此篇更在其后，则已至战国中世后矣。

（4）《白心》篇曰："名正法备，则圣人无事。"冀以刑名法术，实现道家无为无事之治，此法家之策，例不胜举，略举一二。如《韩非子·主道》篇曰："刑名参同，君乃无事焉。"《慎子·君臣》篇亦曰："上下无事，唯法所在。"

（5）同学刘君子植（节）告余曰："《庄子·天下》篇言：'不累于俗，不饰于物，不苟（原作苟，依章太炎先生改）于人，不忮于众，愿天下之安宁以活民命，人我之养毕足而止。以此白心。古之道术有在于是者，宋钘尹文闻其风而悦之。作为华山之冠以自表。接万物以别囿为始。语心之容，命之曰心之行。'由此知《心术》上下及《白心》三篇出宋钘或尹文之手。"余当时亦以为是；今检书覆核，知其不然：《天下》篇谓宋钘尹文"以此白心"，乃谓以"不累于俗"云云表白其心志，是其学在"不累于俗，不饰于物，不苟于人，不忮于众"；在"愿天下之安宁以活民命，人我之养毕足而止"：纯为入世思想，纯为用世之学。所以下文曰："先生恐不得饱，弟子虽饥，不忘天下。日夜不休，曰：'我必得活哉。'"庄子又赞美之曰："图傲乎救世之士哉！"至于"语心之容，命之曰心之行"二句，历代注释家，从无确诂。因文核义，似名"心之容"为"心之行"，亦有注重行为之意。

至《心术》上下及《白心》三篇，与宋钘尹文之说，完全不同。《心术上》曰："故必知不言无为之事，然后知道之纪。"

又曰:"恬愉无为,去智与故。其应也,非所设也;其动也,非所取也。是故有道之君,其处也若无知,其应物也若偶之,静因之道也。"又曰:"心术者,无为而制窍者也。"又曰:"无为之道,因也。"《白心》篇曰:"无迁无衍,命乃长久;和以反中,形性相葆;一以无贰,是谓知道。将欲服之,必其端而固其守。责其往来,莫知其时。索之于天,与之为期;不失其期,乃能得之。"清静无为之旨,全性葆真之妙,以静制动之方,纯为道家之主张,与"图傲救世"之宋钘尹文,宗旨全殊。——即果为宋钘尹文之作,其时代固至战国中世矣。

《水地》第三十九——汉初医家作

(1) 篇中曰:"人,水也,男女精气合而水流形,三月如(《校正》引俞说如当为而)咀;咀者何?曰五味。五味者何?曰五藏。酸主脾,咸主肺,辛主肾,苦主肝,甘主心。五藏已具,而后生肉。(《校正》引丁说肉当作内)脾生隔(宋本作膈),肺生骨,肾生脑,肝生革,心生肉。五肉(《校正》谓当从丁说作五内)已具而后发为九窍,脾发为鼻,肝发为目,肾发为耳,肺发为窍(《纂诂》:古本作口。《校正》:宋本此下有心发为舌一句),五月而成,十月而生。"以五味五藏相配,纯系医家受阴阳家影响者之言。《黄帝内经·素问·五藏生成》篇曰:

"故心欲苦，肺欲辛，肝欲酸，脾欲甘，肾欲咸，此五味之所合也。"《灵枢经·五味》第四十六曰："谷味酸，先走肝；谷味苦，先走心；谷味甘，先走脾；谷味辛，先走肺；谷味咸，先走肾。"其配置之位次不同，而同为以五藏五味羼配。《灵枢》《素问》题为黄帝，而实为自秦汉以至唐人所为。（辩见姚际恒《古今伪书考》及梁任公《古书真伪及其年代》。）《汉志·医经》《经方》共十八家四百九十卷，皆未标作者，其于书名冠以黄帝者，尚为秦汉人书；其书名未冠以人者，更无法认为先秦之作。（《经方》有《神农黄帝食禁》七卷，书已佚，亦必后人依伪。黄帝时文字未备，更何论神农？而谓神农黄帝有经方，宁非诬妄？）行世《本草》，旧题神农，亦后世伪托。（辩见晁氏《读书志》、陈氏《书录解题》及梁任公《古书真伪及其年代》。）故春秋虽有医药，而无传后之书。（和缓虽皆为春秋时秦之善医者，但《汉志》不载其书。）况以五行、五味、五藏、五色，恣意相配，神秘玄妙之说，实受阴阳家之影响。在阴阳家未成立之前，安能有此耶？

（2）篇中言各地水性，区以齐、楚、越、秦、晋、燕、宋。越之显著，在春秋之末，前者甚微，故所谓十二诸侯，越无与焉。《史记·越王勾践世家》独叙勾践夫差，前此无可记故耳。此篇若作于春秋，不容不记鲁卫陈蔡，而独记边徼无闻之越。若谓春秋末叶，越甚彪炳，作者在春秋之末，鲁卫陈蔡俱已式微，故记此略彼；然则当时吴越并称，不容记越遗吴。至战国，晋分为三，宋灭于齐，又不得再以晋宋与齐楚秦燕并举。汉世天下一统，诸国久灭，而言地理者，每喜以周末诸侯国名之，司马迁《史记》，厥例綦繁，他书亦迭见不鲜。然则即其名地言之，亦当在汉初之世矣。

《四时》第四十 《五行》第四十一——并战国末阴阳家作

《四时》篇于东南西北及中央，分名为星日辰月土，各曰其时某，其气某，其德云何，其事云何。除南方外，皆各条五政。并谓春行夏秋冬政，冬行春秋夏政……则有如何灾变，纯为阴阳家言。至《五行》篇题标五行，更无论矣。阴阳家成立于战国之末，说已见前；故知此篇时代，亦当在战国末也。

《势》第四十二——战国末兵阴阳家作

（1）篇中曰："战而惧水，此谓澹灭……战国惧险，此谓迷中，分其师众，人既迷芒，必其将亡之道。"又曰："夫静与作，时以为主人，时以为客，贵得度。知静之修，居而自利；知作之从，每动有功。"又曰："人先生之，天地刑之，圣人成之，则与天同极。正静不争，动作不贰，素质不留，与地同极。"又曰:"修阴阳之从,而道天地之常,嬴嬴缩缩,因而为当,死死生生,因天地之形。"纯为战国末以阴阳用兵之兵阴阳家言也。

(2) 以政治言帝,肇自战国末叶,此篇曰:"无为者帝。"

《正》第四十三——战国末杂家作

法家成立,盖在战国中世以后,已经前文迭次证明。此篇曰:"制断五刑,各当其名,罪人不怨,善人不惊,曰刑。正之,服之,胜之,饰之,必严其令,而民则之,曰政。如四时之不贷,如星辰之不变,如宵如昼,如阴如阳,如日月之明,曰法。爱之,生之,养之,成之,利民不德,天下亲之,曰德。无德,无怨,无好,无恶,万物崇一,阴阳同度,曰道。刑以弊之,政以命之,法以遏之,德以养之,道以明之。"又曰:"罪人当名曰刑,出令时当曰政,当故不改曰法,爱民无私曰德,会民所聚曰道。"道德法政刑五者并用,纯战国末"兼儒墨,合名法"之杂家主张。杂家之学,发生必在诸家有相当成立之后;以诸家未立,无可供其采获,以成其博杂之学也。《汉志》杂家所载,《孔甲盘盂》二十六篇,《大禹》三十七篇,《伍子胥》八篇,《子晚子》三十五篇,《由余》三篇,似在诸家成立之先。但皆依伪之书,不足为据,本书《附录一》已论之,兹不多赘也。

《九变》第四十四——疑战国以后人作

此篇文甚短简,时代难定,然浅近滑俗,不类先秦文。中有曰:"则州县乡党与宗族足怀乐也。"古者区地为九州,或十二州,地域甚广,不容与县连举并称。春秋之末,有县郡之称(世多以为郡县始于商鞅,其实不然。《左传》哀二年:"克敌者,上大夫受县,下大夫受郡。"可见春秋末已有县有郡),又不言州也。州县连称,在西汉,但孤证未敢遽定,姑志疑以俟考。

第五章 《区言》五篇

《任法》第四十五 《明法》第四十六
——并战国中世后法家作

(1) 二篇睹名思义，不问而知为法家言。法家成立在战国中世之后，前已迭次证明，兹亦不必再赘。

(2) 以"主"与"人主"为君王之专称，昉于战国，于论《君臣》篇已言之。《任法》篇曰："是故人主有能用其道者。"又曰："以遇其主矣。"又曰："以事其主。"又曰："主之所恒也。"又曰："下之所以侵法乱主也。"《明法》篇曰："主道明也。"又曰："今主释法。"又曰："是主以誉为赏。"又曰："是忘主死交。"又曰："其蔽主多矣。"其他以"主"与"人主"为君王之专称者尚众，不必枚数；亦为战国作品，非春秋作品之证也。

（3）相之始置在战国时，今《任法》篇曰："邻国诸侯能以其权置子立相。"又曰："卿相不得蒉其私。"

（4）《明法》篇大半与《韩非子·有度》篇相袭，今比列于下：

有度

审得失有法度之制者，加以群臣之上，则主不可欺以诈伪；审得失有权衡之称者，以听远事，则主不可欺以天下之轻重。今若以誉进能，则臣离上而下比周；若以党举官，则民务交而不求用于法。故官之失能者其国乱。以誉为赏，以毁为罚也，则好赏恶罚之人，释公行，行私术，比周以相为也。忘主外交，以进其与，则其下所以为上者薄矣。交众与多，外内朋党，虽有大过，其蔽多矣。故忠臣危死于非罪，奸邪之臣安利于无功。忠臣之所以危死而不以其罪，则良臣伏矣；奸邪之臣安利不以功，则奸臣进矣：此亡之本也。若是，则群臣废法而行私重，轻公法矣。数至能人之门，不壹至主之廷，百虑私家之便，不壹图主之国。属数虽多，非所以尊君也；百官虽具，非所以任国也。然则主有人主之名，而实托于群臣之家也。故臣曰：亡国之廷无人焉。廷无人者，非朝廷之衰也，家务相益，不务厚国，大臣务相尊，而不务尊君，小臣奉禄养交，不以官为事。此其所以然者，由主之不上断于法，而信下为之也。故明主使法择人，不自举也；使法量功，不自度也。能者不可弊（张榜本作蔽），败者不可饰，誉者不能进，非者弗能退，则君臣之间，明辩而易治。故主仇法，则可也。……故明主使其群臣，不游意于法之外，不为惠于法之内，动无非法。法，所以凌过游外私也。（卢文弨曰："游外二字，一本作灭。"）严刑，所以遂令惩下也。威不贷错，制不共门。威制共则众邪彰矣，法不信则君行危矣，刑不断则邪不胜矣。

明法

是故先王之治国也，不淫意于法之外，不为惠于法之内也。动无非法者，所以禁过而外私也。威不两错，政不二门。以法治国，则举错而已。是故有法度之制者，不可巧以诈伪；有权衡之称者，不可欺以轻重；有寻丈之数者，不可差以长短。今主释法以誉进能，则臣离上而下比周矣；以党举官，则民务交而不求用矣。是故官之失其治也，是主以誉为赏，以毁为罚也。然则喜赏恶罚之人，离公道而行私术矣。比周以相为匿，是（《解》下多一故字）忘主死交以进其誉。故交众者誉多，外内朋党，虽有大奸，其蔽主多矣。是以忠臣死于非罪，而邪臣起于非功。所死者非罪，所起者非功也。然则为人臣者，重私而轻公矣。十至私人之门，不一至于庭，百虑其家，不一图国。属数虽众，非以尊君也；百官虽具，非以任国也。此之谓国无人。国无人者，非朝臣之衰也，家与家务于相益，不务尊君也；大臣务相贵而不任国；小臣持禄养交，不以官为事。故官失其能。是故先王之治国也，使法择人不自举也，使法量功不自度也。故能匿而不可蔽，败而不可饰也（《解》作能不可蔽而败不可饰），誉者不能进，而诽者不能退也。然则君臣之间明别，明别则易治也。主虽不身下为，而守法为之可也。

以繁简多寡而论，似乎《韩非子》钞《管子》。然审检孰先孰后，不惟察其形式，尚须察其内容。后所以繁于前者，有二因：其一，恐其简古而难明，此有关于形式者；其二，嫌其意俭而未足，此有关于内容者。关于内容，后者有增无减；关于形式，则后者增减迭有；简晦则增之，词费则去之；《管子》之视《韩非》，文虽省而意未减。如《韩非》："审得失有法度之制者，加以群臣之上，则主不可欺以诈伪；审得失有权衡之称者，以听远事，则主不可欺以天下之轻重。"《管子》作："是故有法度之制者，不可巧以诈伪；有权衡之称者，不可欺以轻重；有寻丈之数者，不可差以长短。"两文相较，《管子》文省意丰（多寻丈一喻），《韩非》文繁意俭。且《韩非》两事皆用"欺"字，《管子》则用"巧""欺""差"三字以避重复，知为作《管子》此文者据《韩非》而润色之也。《管子》大体文省，而于《韩非》"以誉进能，则臣离上而下比周"之上，增"今上释法"一句，则以如此意较完密。"比周以相为也"，《管子》易为"比周以相为匿"，亦较明显。"忘主外交"，《管子》易为"忘主死交"。

"外交"二字,在春秋战国之时,多指与他国相交。上文为"比周以相为匿",指国内臣工互交互匿,故"外交"实不若"死交"为妥。"若是,则群臣废法而行私重,轻公法矣",《管子》易为"然则为人臣者,重私而轻公矣",实视《韩非》简明。有此诸证,故余以为《管子》钞《韩非》,非《韩非》钞《管子》,知其年代最早在战国之末焉。

《正世》第四十七 《治国》第四十八
——并汉文景后政治思想家作

(1)《治国》篇曰:"常山之东,河汝之间,蚤生而晚杀,五谷之所蕃熟也。"考常山古名恒山;称常山,乃汉人避文帝讳改。《尚书·禹贡》:"大行恒山,至于碣石。"《尔雅·释山》:"河北恒……恒山为北岳。"皆名恒不名常。至汉,《史记·赵世家》曰:"简子乃告诸子曰:'吾藏宝符于常山上,先得者赏。'诸子驰之常山上,求无所得。毋䘏还曰:'已得符矣。'简子曰:'奏之!'毋䘏曰:'从常山上临代,代可取也。'"《说苑·辩物》篇曰:"常山,北岳也。"《春秋元命苞》曰:"昴毕散为冀州,分为赵国,立为常山。"《本草》曰:"常山有名草。"则皆避作常矣。汉人逢君上之名,多避讳而代以同义之字,故删彻避武帝讳作删通,庄助避明帝讳作严助。恒之作常,亦不惟恒山，《史记·田完世家》"田恒"亦避讳作"田常"也。然则名恒山为常山，实汉文帝以后之习，而此文之时代亦可想矣。

（2）本农末商，肇始战国末年，而盛于西汉。《治国》篇曰："夫富国多粟生于农，故先王贵之。凡为国之急者，必先禁末作文巧；末作文巧禁，则民无所游食；民无所游食，则必农（猪饲敬所《补注》：必字下疑脱事字）；民事农则田垦；田垦则粟多；粟多则国富；国富者兵强；兵强者战胜；战胜者地广。是以先王知众民强兵广地富国之必生于粟也，故禁末作，止奇巧，而利农事。今为末作奇巧者，一日作而五日食；农夫终岁之作，不足以自食也。然则民舍本事而事末作；舍本事而事末作，则田荒而国贫矣。"他处虽不言本末，亦皆与此段之旨相同，不外重农贵粟而禁末业。与贾谊《论积贮》、晁错《论贵粟》完全契合，故以时代思想与用字言，亦汉文景后之书也。

（3）《治国》篇曰："中年亩二石，一夫为粟二百石。"考古量曰钟，曰秉，曰庾，曰釜……无以石计者。《周语》单穆公引《夏书》曰："关石和钧，王府则有。"韦昭《注》："关，门关之征也；石，今之斛也。"然《文选》左思《魏都赋》："关石之所和钧。"李善《注》引贾逵《国语注》："关，通也。"《伪古文尚书·五子之歌》："关石和钧，王府则有。"《传》："金铁曰石，供民器用，通之使和平，则官定民足。"《疏》："关，通也，名石而可通者，惟衡量之器耳。"《律历志》云："二十四铢为两，十六两为斤，三十斤为钧，四钧为石。"今按"关石和钧",错纵为文,犹言关和石钧也。石,钧,皆衡名,韦氏不知关有通义,故以门关释关,以钧与和连文释为调钧,而以晚出之义释石,谓即今之斛。果如此说,石不仅用于关,而只调关;关不仅限于石,而只钧石;宁有此理?且"关石"二字,亦不词矣。再考石为衡名,于古甚多。《国语》:"重不过石。"韦《注释》曰:"百二十斤为石。"是《国语》以石为衡名,不仅一见,而韦氏亦非不知石义者。《吕氏春秋·仲春》:"钧衡石。"《适音》:"重不过石。"《仲秋纪》:"正钧石。"高《注》并曰:"百二十斤曰石。"则石为衡称,周之通义。唯《韩非子·定法》篇曰:"斩一首者,爵一级,欲为官者,为五十石之官;斩二首者,爵二级,欲为官者,为百石之官。"似为量名。考《史记·秦本纪》昭襄王十二年:"予楚粟五万石。"又叙诛商鞅下《集解》引《汉书》曰:"商君为法于秦,战斩一首,赐爵一级,欲为官者,五千石。"则石盖秦量,炎汉仍之。至汉百官之禄,率以石计;粟米之量,率以石数。刘向《说苑·辩物》篇曰:"十斗为一石。"既有前二证,则此亦可为一证也。

(4)《正世》篇曰:"故为人君者,莫贵于胜。所谓胜者,法立令行之谓胜。"似法家言。又曰:"君道立然后下从,下从故教可立而化可成也。夫民不心服体从,则不可以礼义之文教也。"又似儒家言。儒法混用,汉儒贾晁者流之政见,战国之时无有也。(吕不韦之流,摭儒墨,采名法博杂之学,与贾晁之混儒法以为用者,不得同日而语。)目曰《正世》,曰《治国》,

相对为题，其内容亦相生相用，疑出一人之手，故虽无他据可以证明《正世》为汉儒之文，亦且与《治国》比附同视也。

《内业》第四十九——疑战国中世以后混合儒道者作

（1）《汉志》儒家载《内业》十五篇，班自注："不知作书者。"其排次在《芈子》之后，《周史六弢》之前，《芈子》班自注："七十子之后。"其排次，前为《孙卿子》。是班氏虽不知《内业》作者，而固以《芈子》后《孙卿子》，《内业》更后《芈子》也。《汉志·内业》今亡，然考《孝经》十一家，有《弟子职》一篇，今在此书为第五十九篇。《管子》作者非一人，辑者亦不出一时一人之手。《韩非子·五蠹》篇言："藏商管之法者家有之。"是《管子》于《韩非》之前，已有撰著。《史记·管晏列传》："太史公曰：'吾读管氏《牧民》《山高》《乘马》《轻重》《九府》，详哉其言之也！'"则司马迁之前，此诸篇已汇订成书。而今本《封禅》第五十，为《史记·封禅书》之言（详后），则其编入必在史公之后。《幼官图》第九，为刘向所未见，前已详论，则其编入又在刘向之后。《弟子职》，《汉志》尚载于《孝经》十一家，则其编入更在班固之后矣。以彼例此，《内业》之篇，容即《汉志》所载。马国翰《辑佚书》据以辑入，依《汉志》分为十五篇，虽未敢遽以为是，而分析之后，甚成篇章，无割裂剪裁之痕，谓即《汉志》所载，不为全无义证。即非其十五篇，亦有包于十五篇之嫌。如此说倘不甚谬，则其时代盖在战国中世之下哉？

（2）籀读全篇，多道家言，诠发大道之蕴，如曰："夫道者所以充形也……"云云，"凡道无所……"云云，"道也者，口之所不能言也……"云云，"凡道无根……"云云，若此者甚众。而又曰："止怒莫若诗，去忧莫若乐，节乐莫若礼，守礼莫若敬，守敬莫若静。"又若儒家。混合儒道以为用，必在儒道成立之后，故疑在战国中世之后。

（3）篇中又有《心术下》与《庄子·庚桑楚》篇相同之一段，亦似袭《庄子》。

庚桑楚

能抱一乎？能勿失乎？能无卜筮而知吉凶乎？能止乎？能已乎？能舍诸人而求己乎？

内业

能抟（一本作搏）乎？能一乎？能无卜筮而知吉凶乎？能止乎？能已乎？能勿求诸人而得之己乎？

"舍诸人"改为"勿求诸人",已较明显,尚不足以为钞《庄子》之证。《庄子》此文之先曰:"《老子》曰:'卫生之经。'"此文之后,续以"能侗然乎?能侗然乎?能儿子乎?儿子终日嗥而嗌不嗄,和之至也;终日握而手不掜,共其德也;终日视而目不瞚,偏不在外也。行不知所之,居不知所为,与物委蛇而同其波,是卫生之经矣"。词意联贯,绝无割袭他书之迹。此篇此文之前曰:"抟气如神,万物备存。"(抟一本作搏)此文之后,续以"思之,思之,又重思之,思之而不通,鬼神将通之,非鬼神之力也,精气之极也"。语意不若《庄子》之衔接,故疑此钞《庄子》,非《庄子》钞此。

第六章 《杂篇》十三篇

《封禅》第五十——汉司马迁作

尹知章曰:"原篇亡,今以司马迁《封禅书》所载《管子》言以补之。"管子自己无书,封禅之事,真伪姑不论(《荀子》谓五帝之外无传人,《国语》三《传》亦不记五帝以上事。此语及无怀氏,必在战国末诸子托古立说时。然则桓公欲封禅之事,或竟子虚乌有也),其记载不知始见何书。《管子》作者非一人,编者非一时。《封禅》之篇,盖尹氏见《史记》载《管子》论封禅,遂据以羼附,非必原有此篇也。

《小问》第五十一——辑战国关于管仲之传说而成

（1）篇中凡叙十二事，各自成章，毫不联属，不过皆为管仲之事而已。盖管子为政治大家，事功彪炳，自春秋以至战国，君相士庶，艳羡钦仰，神话式之传说，自丛生而迭出。加之诸子立说，托管子以坚人之信，《管子》全书，泰半因此而成；此篇尤其显著者也。惜书阙有间，此十二事出处，不得尽考。但"桓公北伐孤竹"一事，见《说苑·辨物论》；"桓公与管仲阖门而谋伐莒"一事，见《吕氏春秋·重言》篇、《说苑·权谋》篇。《说苑》成书，盖在西汉（旧以为刘向作，非是，详拙撰《诸子概论》），杂采百家传记而成。《辨物论》所记伐孤竹事，采之《管子》抑他书，今不可考。《吕氏春秋》所记，则与此比较，知此在后。《吕氏春秋》曰："日之役者，有执跖痏而上视者。"此文作："夫日之役者，有执席食以视上者。"痏字音义无考，盖为古字之失传授者，《管子》作"席食"，抑浅近矣。《吕氏春秋》曰："乃令宾者延之而上。"《管子》"宾"作"傧"，延傧之傧相，古字少作"宾"，后世字繁，示别于宾客字作"傧"。亦见《吕氏春秋》古，而此文近也。

（2）所以谓为神话式之传说，而非当时之记载者，鄙意十二事皆然；而最显豁者，为"桓公乘马"及"伐孤竹"二事。其言曰："桓公乘马，虎望见之而伏，桓公问管仲曰：'今者寡人乘马，虎望见寡人而不敢行，其故何也？'管仲对曰：'意者君乘驳马而洀桓（尹注：洀，古盘字），迎日而驰乎？'公曰：'然。'管仲对曰：'此驳象也。驳食虎豹，故虎疑焉。'""桓公北伐孤竹，未至卑耳之溪十里，闟然止，瞠然视，援弓将射，引而未敢发也。谓左右曰：'见是前人乎？'左右对曰：'不见也。'公曰：'事其不济乎？寡人大惑。今者寡人见人长尺而人物具焉，冠右袪衣，走马前疾，事其不济乎？寡人大惑，岂有人若此者乎？'管仲对曰：'臣闻登山之神，有俞儿者，长尺而人物具焉，霸王之君兴而登山神见。且走马前疾，道也；袪衣，示前有水也；右袪衣，示从右方涉也。'至卑耳之溪，有赞水者曰：'从左方涉，其深及冠；从右方涉，其深至膝；若右涉，其大济。'桓公立拜管仲于马前曰：'仲父之圣至若此，寡人之抵罪也久矣。'……"以"虎望见之而伏"，而知必"乘驳马而洀桓"，且必"迎日而驰"，世间宁有此神明之人？至伐孤竹一事，不惟推测神圣，妄诞不经，而言神言鬼，更事之绝无者也。盖神明鬼怪之事，每托古名人，一而可以坚人之信；一而时代悠远，不能质证；此王充所以有三《增》之篇（《语增》《儒增》《艺增》）以辩之也。

（3）管仲卒于鲁僖公十七年。又二十一年，为文公六年，而秦穆公始卒。卒然后有谥。今此篇记婢子谓管子曰："百里奚，秦国之饭牛者也，穆公举而相之，遂霸诸侯。"知其为后人之附益哉？

（4）王霸之分，在战国中世。今此篇记桓公之言曰："寡人欲霸，以二三子之功，既得霸矣；今吾有欲王，其可乎？"

亦战国中世以后人作之一证也。

《七臣七主》第五十二——战国末政治思想家作

（1）春秋之时，凡有治民之权与责者，皆称主；至战国中世，主始为君王之专称；前已详论之矣。此以"七臣七主"名篇，臣主对举。篇中曰"申主"，曰"惠主"，曰"侵主"，曰"芒主"，曰"劳主"，曰"振主"，及与他言"主"之语，皆专指君王，故知为战国末年人作。

（2）篇中曰："主好本，则民好垦草莱。"显系以农为本，则其时代不能超过战国末也。

（3）法家成立在战国中叶，此篇曰："夫法者，所以兴功惧暴也；律者，所以定分止争也；令者，所以令人知事也；法律政令者，吏民规矩绳墨也。夫矩不正，不可以求方；绳不信，不可以求直；法令者，君臣之所共之也。"他言法者尚多，不必列举，知其时代在战国中世法家成立后也。

《禁藏》第五十三——战国末至汉初杂家作

（1）石为量名，昉自战国，而盛于西汉。此篇曰："食民有率，率三十亩而足于卒岁。岁兼美恶，亩取一石，则人有三十石，果蓏素食当十石，穅秕六畜当十石，则人有五十石。"知作者为战国末以至汉初人。

（2）本农末商亦始于战国末年，盛于汉初。此篇曰："夫明王不美宫室，非喜小也；不听钟鼓，非恶乐也；为其伤于本事而妨于教也。故先慎于己而后彼，官亦慎内而后外，民亦务本而去末。"

（3）篇中曰："法者，天下之仪也，所以决疑而明是非也，百姓所县命也。故明王慎之，不为亲戚故贵易其法，吏不敢以长官威严危其命，民不敢以珠玉重宝犯其禁。故主上视法，严于亲戚；吏之举令，敬于师长；民之承教，重于神宝。"法家言也。然又曰："赐鳏寡，振孤独，贷无种，与无赋，所以劝弱民。发五正，赦薄罪，出拘民，解仇雠，所以建时功，施生谷也。"则又撮取儒家之论，而法家所不以为然也。又曰："宫室足以避燥湿，食饮足以和血气，衣服足以适寒温，礼仪足以别贵贱，游虞足以发欢欣，棺椁足以朽骨，衣衾足以朽肉，坟墓足以道记，不为无补之功，不为无益之事。"又有吸于墨子之教也。然插入"游虞足以发欢欣"，则墨子所厚非，而似采撮儒家荀子一派之说以入之者也。"兼儒墨，合名法"，纯战国末至汉初杂家之言也。

（4）以政治分别帝、王、霸，在战国末年。此篇有曰："凡有天下者，以情伐者帝，以事伐者王，以政伐者霸。"知在战国末年之后。

《入国》第五十四 《九守》第五十五 《桓公问》第五十六——并疑战国末年人作

三篇并极简短,作书时代颇难订定。审其文字,浮浅滑俗,不类先秦人文。《九守》篇曰:"人主不可不周;人主不周,则群臣下乱。"称君为"人主",必在战国中世,或中世以下。既无法以证明为汉人或汉以后人作,故暂认为战国末年人作。

《度地》第五十七——汉初人作

(1) 篇中曰:"与三老、里有司、伍长行里,因父母案行。"又曰:"因三老、里有司、伍长案行之。"又曰:"君令五官之吏,与三老、里有司、伍长行里顺之,令之家起火,为温其田。"又曰:"故吏者,所以教顺也;三老、里有司、伍长者,所以为率也。"又曰:"故常以冬日顺三老、里有司、伍长。"考《汉书·百官公卿表》:"十里一亭,亭有长;十亭一乡,乡有三老。"又云:"三老掌教化。"《高帝本纪》:"汉二年,举民年五十以上有修行能率众为善,置以为三老,乡一人,择乡三老一人，为县三老，与县令丞尉以事相教，复勿繇戍。"此所言三老，似为乡三老；乡三老，汉官；则此篇作者必汉人。惟《墨子·备城门》篇曰："召三老、左葆、官中者与计事。"《号令》篇曰："勿令里巷中三老守闾。"《史记·滑稽传》："西门豹为邺令……长老曰：'苦为河伯娶妇。……'豹问其故，对曰：'邺三老廷掾，常岁赋敛百姓，收取其钱，得数百万，用其二三十万为河伯娶妇。'"然《墨子·备城门》《号令》两篇皆汉人伪书，近人朱希祖有《墨子备城门以下二十篇系汉人伪书说》详论之。（《清华周刊》第三十卷第九期）《史记》此文，不出史公之手，乃褚先生所续；于古无征，未悉何本。《说文》："掾一曰官属。"《正字通》："秦汉官皆有掾属。"今考《史记·项羽本纪》："狱掾曹咎书抵栎狱掾司马欣。"《汉书·萧何传》曰："为沛主吏掾。"《后汉书·马援传》曰："此丞掾之任，何足相烦？"战国则未见名掾之官。然则不惟三老汉官，廷掾亦秦汉官，而三老廷掾为河伯娶妇之说，或子虚乌有，出汉人之伪造；或有之而汉人以汉官记之。不然，何能于战国书不见三老廷掾，于他追叙战国书亦不见，独于汉人此篇突出战国未闻而炎汉极普通之官？故只此不可依据之孤证，不能遽谓战国亦有三老之官。至《礼运》言："三公在朝，三老在学。"《乐记》《祭义》俱言："祀三老五更于太学。"则国之三老，为天子所敬养，非此乡三老与里有司伍长同侪者也。

（2）篇中曰："冬作土功，发地藏，则夏多暴雨，秋霖不止；春不收枯骨朽脊，伐枯木而去之，则夏旱至矣。"纯乎阴阳家说。阴阳家虽始于战国之末，而实盛于汉初，亦可为前证之副，而益信为汉人之作也。

《地员》第五十八——疑亦汉初人作

篇中记五山，十一草，九州，三土，九十物，胪列而标举之，甚纤甚悉。战国征讨会盟，各国之交通虽繁；然国界未泯，各地地质产物，不易调察如此详细，故此与《山海经》疑皆汉人或汉以后人作。且其分别土性，曰五粟、五沃、五位、五隐、五壤、五浮、五怸、五纑、五壏、五剽、五沙、五塥、五犹、五壮、五殖、五觳、五凫、五桀。五字之义，以今视之，颇难索解；盖汉儒最中阴阳五行之毒，喜名五以配五行。但无确证，故姑举所疑，以俟博考。

《弟子职》第五十九——疑汉儒家作

庄述祖《弟子职集解》云："《汉志》附《石渠》《论语》《尔雅》后，盖以礼家未之采录，故特著之六艺。……案《别录》有《子法》《世子法》《弟子职》，记弟子事师之仪节，受业之次叙，亦《曲礼》《少仪》之支流余裔也。汉初论《五经》引《弟子职》，郑康成每据以说礼。"今案《曲礼》《少仪》，皆汉儒之书，此既为其支流余裔，盖亦汉儒所作也。且自孔子开讲学授徒之风，而师弟之间，辩难解惑，其仪节未甚繁赜，子路冉有公然与孔子面争。尔后墨孟以及诸子百家，其弟子之于师，更肆然发难，毫无忌惮。至西汉尚师说而师道尊，弟之视师，如万能之神圣，有承受而无辩诘。加之汉儒重礼，仪节纤悉，而弟之于师，遂有此刻板式之规律矣。春秋战国，盖无此也。故虽无他证，而即其思想与仪节而论，颇疑为出于汉人之手也。

《言昭》第六十 《修身》第六十一 《问霸》第六十二——并亡，无考

第七章 《管子解》五篇

《管子解》五篇——并战国末秦未统一前杂家作

(1) 共只五篇,都名为解,篇中皆先说空理,然后将所解说《管子》之言,加以"故曰",缀之于后。惟《明法解》作"故《明法》曰"。虽多一篇名指示词,其格式全同,故疑同出一时,或竟一人所为也。(《版法解》于解毕《版法》篇后,复出两段,当为他篇之错简。)

(2)《立政》篇作于战国末年,此为之作解,当稍在后,故疑时当战国末至秦未统一之顷。

(3)《形势解》曰:"入则务本疾作,以实仓廪。"显为以农为本。以农为本,产自战国之末,而盛于西汉之初,则此篇时代可以推知矣。

(4)《形势解》曰:"古者三王五伯,皆人主之利天下者也。"称五伯曰古者,知去五伯甚远。

(5)《形势解》曰:"为主而惠,为父母而慈,为臣下而忠,为子妇而孝,四者:人之高行也。高行在身,虽有小过,不为不肖。"又曰:"圣人之求事也,先论其理义,计其可否;故义则求之,不义则止;可则求之,不可则止。"又曰:"圣人之诺已也,先论其理义,计其可否;义则诺,不义则已;可则诺,不可则已。"又曰:"言而语道德忠信孝弟者,此言无弃者。"又曰:"中情信诚,则名誉美矣;修行谨敬,则尊显附矣。"又曰:"人主出言,不逆于民心,不悖于理义,其所言足以安天下者也。"《立政九败解》曰:"滋味也,声色也,然后为养生;然则从欲妄行,男女无别,反于禽兽;然则礼义廉耻不立,人君无以自守也。"《版法解》曰:"凡人君者,欲民之有礼义也。夫民无礼义,则上下乱,而贵贱争。"又曰:"爱施之德,虽行而无私,内行不修,则不能朝远方之君。是故正君臣上下之义,饰父子兄弟夫妻之义,饰男女之别,别疏数之差;使君德、臣忠、父慈、子孝、兄爱、弟敬,礼义章明;如此,则近者亲之,远者归之。"《明法解》曰:"匡主之过,救主之失,明理义以道其主,主无邪僻之行,蔽欺之患,此臣之所以为功也。"皆似儒家言。《形势解》曰:"人主立其度量,陈其分职,明其法式,以莅其民,而不以言先之,则民循正。"又曰:"以规矩为方圆则成,以尺寸量长短则得,以法数治民则安。"《立政九败解》曰:"人君唯无(案此应作毋,毋乃贯之古文,贯即惯）听私议自贵……然则令不行，禁不止。"又曰："人君唯无（亦应作毋）听请谒任誉，则群臣皆相为请。然则请谒得于上，党与成于乡。如是，则货财行于国，法制毁于官，群臣务佼（同交）而求用。然则无爵而贵，无禄而富。"《版法解》曰："凡国无法，则众不知所为，无度则事无机。有法不正，有度不直，则治辟，治辟则国乱。"又曰："治国有三器。……三器者何也？曰号令也，斧钺也，禄赏也。"又似法家言。至《明法解》解释《明法》，自多法家之说，不待条举。《形势解》曰："人主务学术数，务行正理。"又曰："明主内行其法度，外行其理义。"《版法解》曰："成事以质者，用称量也；取人以己者，度恕而行也。度恕者，度之于己也，己之所不安，勿施于人。"则又儒法并用者也。《版法解》曰："版法者，法天地之位，象四时之行，以治天下。四时之行，有寒有暑，圣人法之，故有文有武。天地之位，有前有后，有左有右，圣人法之，以建经纪。春生于左，秋杀于右，夏长于前，冬藏于后。生长之事，文也；收藏之事，武也；是故文事在左，武事在右。圣人法之，以行法令，以治事理。"又似阴阳家言。《版法解》又曰："乘夏方长，审治刑赏，必明经纪，陈义设法，断事以理，虚气平心，乃去怒喜。若倍法弃令而行怒喜，祸乱乃生，上位乃殆。""陈义设法"似儒法，"虚气平心"似道家，"乘夏方长"，以天地运行为出发点，又似阴阳家，真可谓杂家也。

（6）所以不谓在秦汉者何也？《形势解》曰："明主内行

其法度，外行其理义，故邻国亲之，与国信之。"邻国至秦汉尚有，与国则绝无。匈奴西域闽粤诸国，汉代皆视为戎狄，视为仇雠，无所谓与国；与国乃战国合纵连横，亲此攻彼之名词。《立政九败解》曰："内之不知国之治乱，外之不知诸侯强弱。"亦非汉人语。

（7）此五篇：曰《牧民解》第六十三，《形势解》第六十四，《立政九败解》第六十五，《版法解》第六十六，《明法解》第六十七；中惟《牧民解》亡，余具存。亡者虽无考，而以存者四篇例之，当亦时代相同之书也。

第八章 《轻重》十九篇

《轻重》十九篇——并汉武昭时理财学家作

（1）《史记·货殖列传》曰："太公望封于营丘，地泻卤，人民寡，于是太公劝其女功，极技巧，通鱼盐，则人物归之。……其后齐中衰，管子修之，设轻重九府，则桓公以霸。"《齐太公世家》曰："太公至国……通商工之业，便鱼盐之利，而人民多归齐。"又曰："桓公既得管仲……设轻重鱼盐之利，以赡贫穷，禄贤能，齐人皆悦。"知管子致富之源在鱼盐利用海滨泻卤之地；于山岳不甚措意。《齐语》："桓公曰：'伍鄙若何？'管子对曰：'相地而衰征，则民不移；政不旅旧，则民不偷；山泽各致其时，则民不苟；陵阜陆墐井田畴均，则民不憾；无夺民时，则百姓富；牺牲不略，则牛羊遂。'"虽言及于山，但曰："山泽各致其时，则民不苟。"其意谓采山渔泽，各有定时,则民不苟取,与《孟子》"数罟不入洿池,则鱼鳖不可胜食也;斧斤以时入山林,则材木不可胜用也"略同。故非颛颛提倡山矿之利者。

今《海王》篇曰:"桓公问于管子曰:'吾欲借于台雉何如?'管子对曰:'此毁成也。''吾欲借于树木。'管子对曰:'此伐生也。''吾欲借于六畜。'管子对曰:'此杀生也。''吾欲借于人何如?'管子对曰:'此隐情也。'桓公曰:'然则吾何以为国?'管子对曰:'惟官山海为可耳。'桓公曰:'何谓官山海?'管子对曰:'……(略盐策)今铁官之数曰:一女必有一针一刀,若其事立;耕者必有一耒一耜一铫,若其事立;行服连轺辇者必有一斤一锯一锥一凿,若其事立。不尔而成事者,天下无有。令针之重加一也,三十针一人之籍。刀之重加六,五六三十,五刀一人之籍也。耜铁之重加七,三耜铁一人之籍也。其余轻重,皆准此而行,然则举臂胜事,无不服籍者。'桓公曰:'然则国无山海不王乎?'管子曰:'因人之山海,假之名。有海之国,雠盐于吾国,釜十五,吾受而官出之以百,我未与其本事也,受人之事以重相推,此人用之数也。'"《国蓄》篇曰:"君有山海之金,而民不足于用,是皆以其事业交接于君上也。(《轻重乙》篇亦云。)故人君挟其食,守其用,据有余而制不足,故民无不累于上也。五谷食米,民之司命也;黄金刀币,民之通施也。故善者,执其通施,以御其司命;故民力可得而尽也。"《山国轨》篇曰:"桓公问管子曰:

'请问官国轨？'管子对曰：'田有轨，人有轨，用有轨，乡有轨，人事有轨，币有轨，县有轨，国有轨。不通于轨数而欲为国，不可。'……桓公曰：'善，吾欲立轨官，为之奈何？'管子对曰：'盐铁之策，足以立轨官。'"（安井衡曰："轨官，量度货财之官。"）又曰："管子曰：'盐铁抚轨，谷一廪十，君常操九民衣食而縻，下安无怨咎。……上立轨于国，民之贫富，如加之以绳，谓之国轨。'"（安井衡曰："抚，循也。"）《揆度》篇曰："盐铁，二十国之策也。"

考"山海""盐铁"，连举正用，不惟非《管子》之政，春秋战国以至嬴秦，未闻此政。至汉武军兴祸结，国用不足，而有盐铁之策。《史记·平准书》："县官大空，而富商大贾，或蹛财役贫，转毂百数，废居居邑，封君皆低首仰给，冶铸煮盐，财或累万金而不佐国家之急。……于是以东郭咸阳孔仅为大农丞，领盐铁事。"又曰："大农上盐铁丞孔仅咸阳言：'山海，天地之藏也，皆宜属少府；陛下不私，以属大农佐赋。愿募民自给费，因官器作煮盐，官与牢盆。浮食奇民，欲擅管山海之货以致富羡，役利细民，其沮事之议，不可胜听。敢私铸铁器煮盐者，钛左趾，没入其器物。郡不出铁者，置小铁官，便属在所县。'使孔仅东郭咸阳乘传举行天下盐铁，作官府。"又曰："而县官有盐铁缗钱之故，用益饶矣。"又曰："初大农管盐铁官布（泉布）多，置水衡欲以主盐铁。"又曰："式（卜式）既在位，见郡国多不便县官作盐铁。"又曰："桑弘羊为治粟都尉，领大农，尽代仅管天下盐铁。……乃请置大农部丞数十人，分部主郡国，各往往县置均输盐铁官。"《盐铁论·本议》篇大夫曰："匈奴背叛不臣，数为寇暴于边鄙，备之则劳中国之士，不备则侵盗不止。先帝（按指武帝）哀边人之久患，苦为虏所系获也，故修障塞，饬烽燧，屯戍以备之；边用度不足，故兴盐铁。"又曰："管子云：'……有山海之货，而民不足于财者，工商不备也。'"《通有》篇大夫曰："天地之利无不赡，而山海之货无不富也。"《禁耕》篇大夫曰："家人有宝器，尚函匣而藏之，况人主之山海乎？'又曰："山海有禁而民不倾。"《复古》篇大夫曰："故扇水都尉彭祖宁归言，盐铁令品，令品甚明，卒徒衣食县官，作铸铁器，给用甚众，无妨于民。……今意总一盐铁，非独为利入也，将以建本抑末，离朋党，禁淫侈，绝并兼之路也。古者明山大泽不以封，为下之专利也；山海之利，广泽之畜，天下之藏也，皆宜属少府；陛下不私，以属大司农，以佐助百姓，浮食豪民，好欲擅山海之货，以致富业，役利细民，故沮事议者众。……往者豪强大家得管山海之利，采铁石鼓铸煮盐，一家聚众或至千余人，大抵尽收流放人民也。远去乡里，弃坟墓，依倚大家，聚深山穷泽之中，成奸伪之业，遂朋党之权，其轻为非亦大矣。"《盐铁·取下》篇大夫曰："不轨之民，困桡公利，而欲擅山泽。"《非鞅》篇文学曰："盖文帝之时，无盐铁之利而民富。"《刺复》篇文学曰："其后干戈不休，军旅相望，甲士糜弊，县官用不足，故设险兴利之臣起，东郭偃孔仅（张敦仁谓宜作东郭咸阳）建盐铁策。"《盐铁论》一书，专记昭帝始元六年，丞相御史大夫与贤良文学辩论盐铁酒榷均输之书，故言山海盐铁者极多，不必备引。他若《汉书·食货志》及《史》《汉》与盐铁事有关人之列传，亦迭见。参伍比较之，盐铁之策，文景时尚无，至武帝始置。其原因粗略言之，不外二端：一，县官费绌；二，防兼并滋乱。此实创举，于古无闻，故贤良文学，誓死力争。《管子·轻重》诸篇，盖即主张盐铁策者，以管仲通鱼盐之利以霸诸侯，遂依托以发挥盐铁均输之说也。《平准书》曰："齐桓公用管仲之谋，通轻重之权，徼山海之业，以朝诸侯。"因海而联山以成文，非管仲已用桑弘羊孔仅辈之盐铁策也。故于《齐太公世家》《货殖列传》实叙时，皆只曰"通鱼盐之利"也。

（2）《史记·平准书》曰："令远方各以其物贵时商贾所转贩者为赋，而相灌输，置平准于京师，都受天下委输。召工官治车诸器，皆仰给大农。大农之诸官，尽笼天下之货物，贵即卖之，贱则买之。如此，富商大贾，无所牟大利则反本，而万物不得腾踊。故抑天下物，名曰平准。"《盐铁论·本议》篇曰："开委府于京，以笼货物，贱即买，贵即卖，是以县官不失实，商贾无所贸利，故曰平准。"而文学则讥之曰："未见准之平也。"（亦见《盐铁论·本议》篇）是平准之说，亦倡于武帝时聚敛牟利之臣。

今《乘马数》曰："出准之令，守地用人策，故开阖皆在上,无求于民。"又曰:"乘马之准,与天下齐准,彼物轻则见泄,重则见射,此斗国相泄、轻重之家相夺也。"《国蓄》篇曰:"岁适美,则市粜无予,而狗彘食人食;岁适凶,则市籴釜十繦,而道有饿民。……物适贱,则半力而无予,民事不偿其本;物适贵,则什倍而不可得,民失其用。然则岂财物固寡而本委不足也哉?夫民利之时失,而物利之不平也;故善者委施于民之所不足,操事于民之所有余。夫民有余则轻之,故人君敛之以轻;民不足则重之,故人君散之以重。敛积之以轻,散行之以重,故君必有什倍之利,而财之櫎可得而平也。凡轻重之大利,以重射轻,以贱泄平,万物之满虚随财,准平而不变,衡绝则重见。人君知其然,故守之以准平。使万室之都,必有万钟之藏,藏繦千万;使千室之都,必有千钟之藏,藏繦百万。春以奉耕,夏以奉芸,耒耜械器,种饷粮食,毕取赡于君。故大贾蓄家不得豪夺吾民矣。"又曰:"夫物多则贱,寡则贵,散则轻,聚则重。人君知其然,故视国之羡不足,而御其财物。谷贱则以币予食,布帛贱则以币予衣。视物之轻重,而御之以准,故贵贱可调而君得其利。"又曰:"百乘之国,官赋轨符,乘四时之朝夕,御之以轻重之准,然后百乘可及也。……万乘之国,守岁之满虚,乘民之缓急,正其号令,而御其大准,然后万乘可资也。"《山国轨》篇曰:"以乡櫎市准曰:上无币有谷,以谷准币,环谷而应策。国奉决谷,反准赋轨。"又曰:"赀家假币,皆以谷准币。"《山权数》篇曰:"隘则易益也,一可以为十,十可以为百,以陑守丰。陑之准数一上十,丰之策数十去九,则吾九为余于数。策丰,则三权皆在君。"又曰:"轨守其数,准平其流,动于未形,而守事已成。物一也而十,是九为用,徐疾之数,轻重之策也。"《山至数》篇曰:"以币准谷而授禄,故国谷斯在上。谷价什倍,农夫夜寝蚤起,不待见使。五谷什倍,士半禄而死君。农夫夜寝蚤起,力作而无止。彼善为国者,不曰使之,使不得不使;不曰贫之,使不得不用。"又曰:"五谷相靡而重,去什三为余,以国币谷准(二字疑倒)反行。"又曰:"相彼用平而准。"《轻重丁》曰:"故可因者因之,乘者乘之,此因天下以制天下,此之谓国准。"又曰:"桓公曰:'齐西水潦而民饥,齐东丰庸而粜贱,欲以东之贱,被西之贵,为之有道乎?'管子对曰:'今齐西之粟釜百泉,则钘二十也;齐东之粟釜十泉,则钘二钱也。请以令籍人三十泉,得以五谷菽粟决其籍。若此,则齐西出三斗而决其籍,齐东出三釜而决其籍。然则釜十之粟皆实于仓廪,西之民饥者得食,寒者得衣,无本者予之陈,无种者予之新。若此则东西之相被,远近之准平矣。'"又曰:"桓公曰:'……请问国准?'管子对曰:'孟春且至,沟渎阬而不遂,豁谷报上之水不安于藏,内毁室屋,坏墙垣,外伤田野,残禾稼。故君谨守泉金之谢,物且为之举。大夏帷盖衣幕之奉不给,谨守泉布之谢,物且为之举。大秋甲兵求缮,弓弩求弦,谨丝麻之谢,物且为之举。大冬任甲兵,粮食不给,黄金之赏不足,谨守五谷黄金之谢，物且为之举。已守其谢，富商蓄贾不得如故，此之谓国准。'"与汉之平准，作用全同，惟不平准而曰准平，或只名曰准。然《盐铁论·禁耕》篇曰："贱平其准。"则汉时亦有只曰准者。《申韩》篇曰："非患无准平。"则汉时亦有称准平者。此种名称，此种政策，除武昭时，前古未有也。作者不惟托之管子，且使管子托之古人。《地数》篇载管子对桓公曰："昔者桀霸有天下，而用不足；汤有七十里之薄，而用有余。天非独为汤雨菽粟，而地非独为汤出财物也。伊尹善通移轻重，开阖决塞，通于高下徐疾之策，坐起之费时也。"（虽不言准，实为准策。）又曰："武王立重泉之戍，令曰：民自有百鼓之粟者不行。民举所最粟，以避重泉之戍，而国谷二什倍，巨桥之粟亦二什倍。武王以巨桥之粟二什倍而市缯帛，军五岁毋籍衣于民；以巨桥之粟二什倍而衡黄金百万，终身无籍于民；准衡之数也。"果信其言，是伊尹武王亦行平准之政也，岂不悖哉？

（3）其所言社会情形经济状况，绝类武昭之世。《国蓄》篇曰："是故万乘之国，有万金之贾；千乘之国，有千金之贾。然者何也？国多失利，则臣不尽其忠，士不尽其死矣。岁有凶穰，故谷有贵贱；令有缓急，故物有轻重。然而人君不能治，故使蓄贾游市，乘民之不给，百倍其本。分地若一，强者能守；分财若一，智者能收。智者有什倍人之功，愚者有不赓本之事，然而人君不能调，故民有相百倍之生也。"《揆度》篇曰："今天下起兵加我，民弃其耒耜，出持戈于外，然则国不得耕，此非天凶也；此人凶也。君朝令而夕求具，民肆其财物与其五谷，为仇厌而去，贾人受而廪之，然则国财之一分在贾人。师罢，民反其事，万物反其重，贾人出其财物，国币之少分廪于贾人。若此则币重三分，财物之轻重三分，贾人市于三分之间，国之财物尽在贾人，而君无策焉；民更相制，君无有事焉；此轻重之大准也。"《轻重甲》曰："管子曰：'万乘之国，必有万金之贾；千乘之国，必有千金之贾；百乘之国，必有百金之贾。非君之所赖也，君之所与。故为人君而不审其号令，则中一国而二君二王也。'桓公曰：'何谓一国而二君二王？'管子对曰：'今君之籍取以正万物之贾，轻去其分（半也），皆入于商贾，此中一国而二君二王也。故贾人乘其弊，以守民之时，贫者失其财，是重贫也，农夫失其五谷，是重竭也。'"又曰："且君朝令而求夕具，有者出其财，无有者卖其衣屦，农夫粜其五谷三分贾而去，是君朝令一怒，布帛流越而之天下。"又曰："今欲调高下，分并财，散积聚。不然，则世且并兼而无止，蓄余藏羡而不息，贫贱鳏寡独老不与得焉。"《轻重乙》曰："桓公曰：'吾欲杀正商贾之利，而益农夫之事。'"《轻重丁》曰："桓公曰：'寡人多务令衡籍吾国之富商蓄贾称贷家，以利吾贫萌农夫。'"又曰："桓公曰：'四郊之民贫，商贾之民富。寡人欲杀商贾之民，以益四郊之民。'"归纳所言，大旨为商贾太盛，农民太瘠。其原因不外商人时谷之贵贱，令之缓急，操纵居积，以酿成兼并之势。

考此种情形，固非春秋所有，即至战国末年，尚不若此之甚。（参阅本书《附录二》）稽之载籍，适与汉文景武昭之时全同。《汉书·食货志》载晁错上书有曰："急政暴虐，赋敛不时，朝令而暮改（一说当具接上句改字衍文），当具有者半贾而卖，亡者取倍称之息，于是有卖田宅、鬻子孙以偿责者矣。而商贾大者积贮倍息，小者坐列贩卖，操其奇赢，日游都市，乘上之急，所卖必倍。故其男不耕耘，女不蚕织，衣必文采，食必粱肉，亡农夫之苦，有仟伯之得。因其富厚，交通王侯，力过吏势，以利相倾，千里游敖，冠盖相望，乘坚策肥，履丝曳缟。此商人所以兼并农人，农人所以流亡者也。"《史记·平准书》曰："富商大贾，或蹛财役贫，废居居邑，封君皆俯首仰给，冶铸煮盐，财或累万金。"（武帝时）与《管子》所言，情形全同。且《管子》谓盐铁准平之策，所以防商贾之兼并。（例见第（1）（2）两条，余尚多，不备引。）《盐铁论·复古》篇大夫亦曰："非独为利入也，将以建本抑末，离朋党，禁淫侈，绝并兼之路也。"《轻重》篇大夫亦曰："笼天下盐铁诸利，以排富商大贾。"《史记·平准书》亦曰："如此则富商大贾，无所牟大利。"其社会情形，其经济状况，其所行政策，其所持理由，以至于名称，无一不同，谓其非汉武昭时主平准政策之理财学家作，人谁信之？

（4）《山权数》篇曰："汤以庄山之金铸币……禹以历山之金铸币。"《轻重戊》曰："铸庄山之金以为币。"《盐铁论·力耕》篇大夫亦曰："禹以历山之金，汤以严山之铜，铸币以赡其民。"（卢校引王云："言严山者，东京避明帝讳改……非次公旧本也。"）禹汤铸币，并子虚乌有（罗叔蕴《俑庐日记》有详论），而两书全同，亦征其同为一家一派之学也。

（5）术语文字，与武昭时理财者之所用相仿。《盐铁论·错币》篇曰："交币通施，民事不及，物有所并也。"又曰："刀币以通民施。""通施"二字，他书罕见，审为当时理财学之专门术语，不可以常义解之。而此书《国蓄》篇亦曰："黄金刀币，民之通施也。故善者执其通施以御其司命。"又曰："人君铸钱立币，民庶之通施也。"至于"准衡""盐铁""铸钱""立币""黄金""刀布"诸术语，则两书俯拾皆是。然则以其语言文字，及书中背景而论，亦当在武昭时也。

（6）本农末商，虽始战国之末，而实为汉初最沸腾煊耀之现象。今《乘马数》篇曰："春秋冬夏不知时终始，作功起众，立宫室台榭，民失其本事，君不知其失诸春策；又失诸春秋之策数也。"《轻重甲》曰："君虽强本趣耕。"《轻重乙》曰："强本节用，可以为存乎？"又曰："昔者纪氏之国，强本节用者，其五谷丰满而不能理也。……则纪氏其强本节用，适足以使其民谷尽而不能理。"

（7）立相始于战国中世以后，而在《轻重己》曰："路有行乞者，则相之罪也。"

（8）《史记·平准书》："齐桓公用管仲之谋，通轻重之权。"《齐太公世家》曰:"桓公既得管仲……设轻重鱼盐之利。"《货殖列传》亦云:"管子修之,设轻重九府。"《平准书》《世家》"轻重"之意,尚难确定所指。《货殖列传》以之冠于"九府"之上,"九府"乃钱法。《史记正义》曰:"管子云:'轻重谓钱也,夫治民有轻重之法。'周有大府、玉府、内府、外府、天府、职内、职金,皆掌财币之官,故云九府也。"(按《正义》实只举七府)则轻重乃指钱法之轻重。今《管子·轻重》共十九篇,《盐铁论》亦有《轻重》篇,其作用全以经济手腕,操纵居稽,使百物贵贱轻重,而收售买卖,以从中取利。此例在《管子·轻重》诸篇,及《盐铁论》中,触处皆是,不克备举;略举一二,《盐铁论·轻重》篇曰:"上大夫君与(当依《平准书》《食货志》作为)治粟都尉,管领大农事,灸刺稽滞,开利百脉,是以万物流通,而县官富实。当此之时,四方征暴乱,车甲之费,克获之赏,以亿万计,皆赡大司农。"《管子·揆度》篇曰:"桓公问于管子曰:'轻重之数恶终?'管子对曰:'若四时之更举,无所终。国有患忧,轻重五谷以调用,积余臧羡以备赏。'"又曰:"今谷重于吾国,轻于天下,则诸侯之自泄,如原水之就下。故物重则至,轻则去,有以重至而轻处者,我动而错之,天下即已于我矣。物臧则重,发则轻,散则多。币重则民死利,币轻则决而不用。故轻重调于数而止。"两书相同,而与管子"轻重九府",则未见相符。知汉人造轻重之策,以世人贵耳贱目,崇古卑今,而管子又适有"轻重九府",于是以己意为说，而托之管子；托之管子尤不足，于是又托之古圣先王。《揆度》篇曰："燧人以来，未有不以轻重为天下也。"《轻重戊》曰："自理国虙戏以来，未有不以轻重而能成其王者也。"《荀子·非相》篇曰："五帝之外无传人，五帝之中无传政。"而谓燧人虙戏皆用轻重之策，其为捏造何疑？世人信古，故作书每托古人以坚人之信，其意固不恶；然后人信为所托者之言，据以研究其人之说，则学术系统，混淆不可理矣。

（9）王霸之分，在战国中世。而《山至数》篇曰："王者藏于民，霸者藏于大夫。"越之显名于诸侯，在春秋之末。而《轻重甲》曰："桓公曰：'天下之国，莫强于越，今寡人欲北举事孤竹离枝，恐越人之至。'"又曰："齐民之游水，不避吴越。"又曰："吴越不朝。"可知绝非管子时书。管子之后以至战国，又绝无轻重、平准、盐铁之政；而汉武昭之时，则恰与之合，乌能不谓为武昭时书耶。

（10）"石"为量名，以计五谷，盛于西汉，而起源盖在战国之世，前已略为之说矣。今《国蓄》篇曰："中岁之谷粜石十钱，大男食四石……大女食三石……吾子食二百。……岁凶谷贵籴石二十钱。"《山权数》篇曰："高四十石，闲田五石，庸田三石。"又曰："置之黄金一斤，直食八石。"（同句七）亦汉初之一证也。

（11）阴阳家言，肇于战国以至嬴秦统一之时，而盛于西汉，前已屡论之矣。今《轻重己》曰："清神生心，心生规，规生矩,矩生方,方生正,正生历。"又曰:"以冬日至始,数四十六日冬尽而春始。天子东出其国四十六里而坛,服青而绖青,撂玉总,带玉监,朝诸侯卿大夫列士,循于百姓,号曰祭日,牺牲以鱼。发出令曰,生而勿杀,赏而勿罚,罪狱勿断,以待期年。教民樵室钻燧,瑾灶泄井,所以寿民也。"此下"春至""夏始""夏至""秋始""秋至""冬始",皆为此类服饰政令,与《吕氏春秋·十二纪》相似,审为后世阴阳家缘律历为之,亦足以证明其时代甚晚。

(12)此十九篇:曰《臣乘马》第六十八,《乘马数》第六十九,《事语》第七十一,《海王》第七十二,《国蓄》第七十三,《山国轨》第七十四,《山权数》第七十五,《山至数》第七十六,《地数》第七十七,《揆度》第七十八,《国准》第七十九,《轻重甲》第八十,《轻重乙》第八十一,《轻重丁》第八十三,《轻重戊》第八十四,《轻重己》第八十五:共十六篇存。《问乘马》第七十,《轻重丙》第八十二,《轻重庚》第八十六:共三篇亡。亡者虽无实证可据以考辩;但以存者例之,谓为汉武昭时书,当亦不远也。

都《管子》八十六篇,亡者十篇。著作年代,早者在战国,晚者在汉初文景武昭之世;惟《幼官图》似在汉后,但止此一篇耳。著书托古,各附一人,除绝对妄诞者,率有依托之因。故列御寇、道家也,后人依为道家之书;孔臧、儒家也,后人托为儒家之言。《管子》书非管子作,毫无疑义。但管子相桓公，以泻卤之地，僻在海滨，九合诸侯，一匡天下，夸一世而存雄，其政治大端，必有可观者。史家记载，口碑流传，战国秦汉之际，当仍彪炳煊耀；学者摭其遗说，附会增益，托名以行，势所难免。书中阴阳五行之说，皇帝王霸之分，礼仪之节文（如《弟子职》），道法之诠谛，固与管子风马牛不相及。至《轻重》十九，全出汉儒，而所以不托他人，独托管子者，则以管子通鱼盐，设轻重九府。《牧民》诸篇，三《匡》（《大匡》《中匡》《小匡》等）诸记，与战国他书论述管子之言，未全背谬，虽非管子之书，而管子遗说，必有其存乎其间者，是在读者分别观之。

十八年四月三日

罗根泽记于北平燕京大学国学研究所

附录一 战国前无私家著作说

章实斋曰："古人不著书，古人未尝离事而言理，六经皆先王之政典也。"（《文史通义·易教上》）余读之而韪焉。惜所谓"古人"，断自何代，章氏阙焉未及；且于古人无离事言理著作之说，亦未能详尽而足以折服泥古之口。故直至于今，托名黄帝以至春秋时人离事言理之书，尚有信以为真者。此于中国古代史实，古代学术思想，关系綦重，不可以不辩。余不敏，遍考周秦古书，参以后人议论，知离事言理之私家著作始于战国，前此无有也。非凭臆揣，确有证佐：

一曰战国著录书无战国前私家著作也　吾国传世著录书，最古有《庄子·天下》篇，次《尸子·广泽》篇，次《荀子·非十二子》篇、《天论》篇、《解蔽》篇，次《韩非子·显学》篇，次《吕氏春秋·不二》篇。（此诸篇虽不若后世之著录书；然先秦诸书，多著于此，则亦著录书之雏形矣。）《天下》篇所举者凡九家：曰墨翟、禽滑釐（相里勤、五侯、苦获、己齿、邓陵子，附及非特举），曰宋钘、尹文，曰彭蒙、田骈、慎到（彭蒙之师亦附及，且名亦不载，兹更不列举），曰关尹、老聃，曰庄周，曰惠施（桓团公孙龙附及非特举）。除关尹老聃外，皆战国时人，尽人无异辞。旧传关尹为老聃弟子，而老聃则孔子尝问礼者。原问礼之说，虽载之《史记·孔子世家》《老庄申韩列传》，及《礼记·曾子问》。然《史记》本之《礼记》，《礼记》为汉诸儒之所纂集，《曾子问》时代不可考，要之非曾子作。① 考孔子师老聃之说，始见《庄子》。《内篇·德充符》曰："无趾语老聃曰：'孔丘之于至人，其未耶？彼何宾宾以学子为？'"至《外篇·天地》篇更曰："夫子问于老聃曰：'有人治道若相放，可不可，然不然。……'老聃曰：'丘，予告若……'"云云。《天道》篇曰："孔子西藏书于周室……往见老聃。"其他载孔子问老聃遭老聃之讥诮教训者，尚屡见不一见。庄子寓言十九，书中所言王骀、无趾（《德充符》）、长梧、瞿鹊（《齐物论》）之流，竟其人而无从质实，即子綦子游之论（《齐物论》），孔子颜回之言（《人间世》等篇），亦皆子虚乌有，凭空结造，固当据研哲理，不能据论史实。至外、杂篇又非庄

---

① 孔颖达《礼记序》："《礼记》之书，自汉以后，各有传授。"姚际恒《古今伪书考》谓《礼记》绝非戴德本书。梁任公先生《古书真伪及其年代》言："《礼记·曾子》十篇，文字浅薄，不似春秋末的曾子所作，反似汉初诸篇。"确否未暇深考；但《曾子问》篇曾子孔子同称子，必曾子以后人所作无疑。

子作,更难信据。盖道家推崇本宗,排抵儒家,造孔子师老聃之说,以谓儒家之祖,出于道家,亦如后世佛教盛行,造《老子化胡经》,谓释迦为老子之弟子者然。(此尚就作外、杂篇诸道家言,若《庄子》则直寓言耳,事实非所计也。)韩愈《原道》曰:"老者曰:'孔子吾师之弟子也。'……为孔子者习闻其说,乐其诞而自小也,亦曰:'吾师亦尝师之云尔。'不惟举之于其口,而又笔之于其书。"正谓此也。《史记·老子传》曰:"盖老子百六十岁,或言二百余岁。"又曰:"自孔子死之后百二十九年,而史记周太史儋见秦献公。……或曰即老子,或曰非也。"惝恍迷离,似神非人。其原因缘史公误信孔子问老聃之说,而又确知孔子卒后百二十九年太史儋见秦献公,故有老子寿二百余岁之妄,老聃史儋是否一人之疑。其实老聃即史儋。何以言之?一、聃儋音同字通,《吕氏春秋》作《老眈》(见后),亦即此人。古声音同则可假借,故荀卿一作孙卿,荆卿一作庆卿,厥例繁矣。二、聃为周柱下史,儋亦为周之史官。三、老子出函谷关;史儋入秦,亦必出函谷关。四、《史记》:"老子之子名宗……宗子注,注子宫,宫玄孙假,假仕于汉孝文帝。"而考《孔子世家》,孔子十世孙襄,为孝惠博士;何老子先于孔子,反八世已至孝文?若谓即史儋,史儋后孔子百二十余年,则俱妥适无疑。近人张煦谓玄孙乃玄远之孙,非必为孙之孙。(见《晨报副刊》十一年三月份张氏《梁任公提讼老子时代问题一案判决书》。)然考《史记·孟尝君列传》:"文承间问其父婴曰：'子之子为何？'曰：'为孙。''孙之孙为何？'曰：'为玄孙。'"则玄孙为孙之孙之专称，战国已经成立。且见于史公之书，史公安能不知，而用为泛指玄远之孙？然则老聃亦战国时人，关尹更不必论矣。①

或曰：庄子条举诸家皆曰："古之道术有在于是者，某某闻其风而悦之。"则所举虽皆战国时人，而明古已有也。曰古已有各种道术之胚胎之雏形，斯必然也；谓古已有分流别派之道术著作，则不然。然则各种雏形之道术，载之何书？庄子固已明言之矣。其言曰："古之所谓道术者，果恶乎在？……古之人其备乎：配神明，醇天地，育万物，和天下，泽及百姓，明于本数，系于末度，六通四辟，小大精粗，其运无乎不在；其明而在数度者，旧法世传之史，尚多有之；其在于《诗》《书》《礼》《乐》者，邹鲁之士，搢绅先生多能明之；其数散于天下而设于中国者，百家之学，时或称而道之。"此明言古之道术为全体的，无乎不在，而见于记载者，则有世传之史及《诗》

---

① 《老子》一书，经梁任公先生（《梁任公学术讲演集》第一辑《评胡适之中国哲学史大纲》，又《古书真伪及其年代》）、顾颉刚（《古史辨》页五六）、张寿林（《晨报副刊》第七十四期《老子道德经出于儒后考》）及日人斋籐拙堂（《老子辨》）之研究，略可断定为战国时书，非春秋时书。至于以声音假借之义断定史儋老聃为一人，则始于毕沅《道德经考异》。（见《昌平丛书》及《经训堂丛书》。）惟张煦在《晨报副刊》（民国十一年三月份）发表《梁任公提讼老子时代问题一案判决书》一文，极力辩护老子及《老子书》确在春秋时；但其证佐脆薄，不能成立，此当为专文论之。

《书》六艺,而百家之学亦时或称而道之;称而道之,非创作而为征引,正指"天下大乱,贤圣不明,道德不一,天下多得一察焉以自好"之"不该不遍,一曲之士"之"百家众技"。而庄子所列九家,亦括在内矣。故不能据"古之道术有在于是者"一言,谓战国以前,已有离事言理之私家著作也。

《广泽》篇所列凡六家:曰墨子,曰孔子,曰皇子,曰田子,曰列子,曰料子。皇子料子无考,余惟孔子为春秋末人。但孔子于《易》《书》《诗》《礼》《乐》,充其量不过整齐撰集而已;其《春秋》亦因鲁史旧文,稍事董理,自谓"述而不作"(《论语·述而》篇),盖质言也。况此皆章实斋所谓"政典",非离事言理之私家著作。《论语》一书,可谓为私家著作;但成于再传弟子之手,已至战国时矣。

《非十二子》篇所列者凡十二家:曰它嚣、魏牟,曰陈仲、史䲡,曰墨翟、宋钘,曰慎到、田骈,曰惠施、邓析,曰子思、孟轲。《天论》篇所列者,凡四家:曰慎子,曰老子,曰墨子,曰宋子。《解蔽》篇所列者凡六家:曰墨子,曰宋子,曰慎子,曰申子,曰惠子,曰庄子。它嚣无考。余惟史䲡、邓析为春秋末人。史䲡、阎氏《四书释地又续》、高氏《姓名考》,并谓为史翻之子,确否第弗深考;要之既姓史氏,必以官为氏,其家世为史官。他书从未言史䲡之书,《汉志》详列群籍,亦无及焉。然荀子论十二子,皆曰:"言之成理,持之有故。"则其人固有论述,而非颛颛即其行实评骘者。盖史䲡为卫之史官,秉笔书事，时附褒贬式之言论。①不然，若有离事言理之著作，不容于他书不一见也。《邓析子》今传世者为伪书（详拙撰《邓析子真伪年代考》），《左传》定公九年："郑驷歂杀邓析而用其竹刑。"杜注："邓析，郑大夫，欲改郑所铸旧制；不受君命，而私造刑法，书之竹简，故言竹刑。"受之君命与否，于古无征。杜氏之说，纯属悬测，但亦不必深究；要之邓析既为大夫，造竹刑必期用于行政，所谓政典，非私家离事言理之著作。刑书设置甚早，《尚书》有《吕刑》篇。《左传》昭公六年："郑人铸刑书。"二十九年："晋铸刑鼎，著范宣子所为刑书焉。"此皆行政典章，不得与后世法家言法理法意及法作用与功效之私家著作成一家言者，同日而语也。荀子论十二子，两两骈叙，故时举此家说而以他家之类似者，附及并论："大俭约而僈等差，曾不足以容辨异，县君臣。"此真墨之说，宋钘不尽如此。而荀子总括之曰："此墨翟宋钘也。"宋钘之书虽亡，然即《孟子·告子》篇、《荀子·正论》篇、《庄子·逍遥游》篇、《天下》篇、《韩非子·显学》篇所称论者言之，其学为"禁攻寝兵""情欲寡浅""见侮不辱"，与《墨子》小同而不尽同。（详拙撰《宋子及其学说》）故荀子于他篇则分论墨宋曰："墨子有见于齐，无见于畸；宋子有见于少，无见于多。"（《天论》篇）

---

① 古史（《春秋》）书法盖皆有"寓褒贬，别善恶"之义，不独孔子之《春秋》为然，说见《燕京学报》第二期冯芝生先生《孔子在中国史中之地位》。

又曰："墨子蔽于用而不知文，宋子蔽于欲而不知得。"(《解蔽》篇）而此篇惟以相提并论之故，故不能分而强之使合。其论惠施邓析亦如此。其言曰："不法先王，不是礼义，而好治怪说，玩奇辞，甚察而不惠，辩而无用，多事而寡功，不可以为治纲纪；然而其持之有故，其言之成理，足以欺惑愚众，是惠施邓析也。"于《不苟》篇又曰："山渊平，天地比，齐秦袭，入乎耳，出乎口，钩有须，卵有毛，是说之难持者也，而惠施邓析能之。"于《儒效》篇又曰："不恤是非然不然之情，以相荐撙，以相耻怍，君子不若惠施邓析。"《非十二子》《儒效》两篇皆泛斥诡辩之言，尚难质证。《不苟》篇所言，据《庄子·天下》篇皆惠施之说。若惠施前之邓析已有此言，庄子不容特表出之，而附之惠施。盖邓析竹刑对旧制有所驳斥，而其人又有善辩之名；故荀子举以与名家之惠施同论，非邓析已著有名学书也。

　　《显学》篇所列，先分两大派：曰儒，曰墨。复于儒分为八家：曰子张氏之儒，子思氏之儒，颜氏之儒，孟氏之儒，漆雕氏之儒，仲良氏之儒，孙氏之儒，乐正氏之儒。于墨复分为三家：曰相里氏之墨，相夫氏之墨，邓陵氏之墨。除两大派外，附及者有宋荣子，即宋钘。(篇中尚及澹台子羽、宰予、孟卯、马服、子产，似皆事的征引，而非论其学术，故不特举。）除孔子皆战国时人，而孔子之无私家著作，前固已论之矣。

　　《不二》篇所列者凡十家：曰老眈（老聃），曰孔子，曰墨翟，曰关尹，曰子列子，曰陈骈（即田骈），曰阳生（盖即杨朱),曰孙膑,曰王廖,曰兒宽。亦惟卒后其言论始由再传弟子纂集之。孔子为春秋时人,而老聃关尹则世人误以战国人为春秋人。他举生战国,无庸言也。

五子皆战国显学,于其已往学术,不为不悉,战国以前,若有私家著作,乌能不列?即流传至今者论之,若《六韬》,若《握奇经》,若《阴符经》,若《鹖子》,若《管子》,若《孙子》,皆卓然大家,果非后世依托,五子不得阙焉不述。至若《汉志》所载神农、黄帝、伊尹、太公,以至风后、力牧之徒,其著作自数种以至数十种,而五子无一著录,则其成书在五子之后无疑也。

二曰《汉志》所载战国前私家著作皆伪托也 《汉志》所载,《六艺略》《易》《书》《诗》《礼》《乐》《春秋》皆政典,非吾所谓离事言理之私家著作;《小学》类训诂文字,亦非吾所谓离事言理之私家著作;《论语》《孝经》虽可谓离事言理之私家著作,但《论语》成于孔子再传弟子之手,已至战国;《孝经》亦绝非曾子作①,不得认为春秋时书。《诗赋略》所载,其私家著作,最古者为《孙卿赋》,孙卿固战国人。其余如《河南周歌诗》《河南周歌声曲折》《周谣歌诗》《周谣歌诗声曲折》《周歌诗》之类,固不得认为私家著作者也。《数术》《方技》,

---

① 《孝经·开宗明义》第一章即曰:"仲尼居,曾子侍。"于孔子称字,曾子反称子,即此一端,亦知必曾子以后人作。

医卜星象诸官之书。二《略》所载战国前书，皆出伪托；即非伪托，亦不得认为离事言理之私家著作。故今于其赝伪踳驳，置弗深考；惟《诸子》《兵书》二略，须略为辩说耳。

　　《诸子略》儒家类，班氏自言五十三家，而所载只五十二家。曰《子思》，曰《曾子》，曰《漆雕子》，曰《宓子》，曰《景子》，曰《世子》，曰《魏文侯》，曰《李克》，曰《公孙尼子》，曰《孟子》，曰《孙卿子》，曰《芈子》（一本作《芊子》），曰《宁越》，曰《公孙固》，曰《羊子》，曰《董子》，曰《鲁仲连子》，曰《平原君》，曰《虞氏春秋》，曰《高祖传》，曰《陆贾》，曰《刘敬》，曰《孝文传》，曰《贾山》，曰《太常蓼侯孔臧》，曰《贾谊》，曰《河间献王对上下三雍宫》，曰《董仲舒》，曰《兒宽》，曰《公孙宏》，曰《终军》，曰《吾丘寿王》，曰《虞丘说》，曰《庄助》，曰《臣彭》，曰《钩盾冗从李步昌》，曰桓宽《盐铁论》，曰刘向《所序》，曰杨雄《所序》：三十九家，或明为战国时人，或班氏注为战国时人。唯曾子、漆雕子、宓子为孔子弟子，生在春秋，殁于战国。古人著书，概在学成之后；则三书即真三子作，亦当在晚年。况《史记·仲尼弟子列传》未言三子有书，则其真伪又颇成问题。曰《河间周制》，班自注："似河间献王所述也。"则非周时书而为汉时书。曰《王孙子》（一曰《巧心》），王氏《考证》言："《太平御览》引'赵简子猎于重阳，抚辔而叹；楚庄王攻宋，将军子重谏'。《艺文类聚》引'卫灵公坐重华之台'。"考《史记·六国年表》周元王元年（西前四七五年),为赵简子四十二年,已入战国四年。(《春秋》绝笔于西前四八一年)上推四十二年为周敬王六年(西前五一四年),虽在春秋之世,而简子之卒,则在周定王(一作贞定王)十一年(西前四五八年),已入战国二十三年,《王孙子》征引其事,且言其谥,必在其卒后。卫灵公卒于鲁哀公二年(西前四九三年),十二年而《春秋》绝笔。入战国,《王孙子》称其谥,又在卒后。所以严可均谓:"盖七十子之后言治道者。"(《铁桥漫稿·王孙子叙》)曰《徐子》,班自注:"宋外黄人。"考《史记·魏世家》:"惠王三十年,使庞涓将而令太子申为上将军,过外黄,外黄徐子谓太子曰"云云,则亦战国时人也。曰《周史六弢》,班自注:"惠襄之间,或曰显王时,或曰孔子问焉。"师古曰:"即今之《六韬》。"沈涛谓即"《庄子·则阳》篇仲尼问于太师大弢"。(《汉书艺文志讲疏》引)依班注或曰显王时,则已至战国;谓惠襄间,则远在春秋;谓孔子问焉,并依沈氏即《则阳》之大弢,则又为孔子之师。《则阳》在《庄子·杂篇》;《庄子》外、杂篇,除《寓言》《天下》二篇外,皆非庄子作,乃道家后学所为;其所言孔子问焉之人亦多矣,概诬蔑非事实,不得为据。若以为今之《六韬》,则其书出后人依托,前人已备论之。(宋濂《诸子辩》、胡应麟《四部正讹》、姚际恒《古今伪书考》。)此外曰《周政》,班自注:"周时法度政教。"曰《周法》,班自注:"法天地,立百官。"皆未注作者,其书举亡,谅皆六国时依托;即果周时书,曰《周史》曰《周政》,

曰《周法》，亦所谓政典而非离事言理之私家著作。曰《晏子》，非晏婴自撰，乃后人采婴行事而成，已经前人考订，成为定谳（《崇文总目》、王氏《汉志考证》、晁氏《读书志》、柳宗元《读晏子春秋》、宋濂《诸子辩》、姚际恒《古今伪书考》、梁章钜《退庵随笔》），虽有孙星衍（《晏子春秋序》）、顾实（《汉书艺文志讲疏》）之辩护，亦无益也。曰《侔子》，班无注，王先谦曰："《风俗通》有侔子，古贤人著书。"（《汉书补注》）即果如《风俗通》所言，《风俗通》亦未言为战国以前人。曰《内业》，曰《谰言》，曰《功议》，曰《儒家言》，班自注并云："不知作者。"曰《李氏春秋》，班无注。此五家其书皆亡，无从考其年代。但班氏既言不知作者，战国以前书又不见征引或论述，则盖亦战国或战国以后书。无论如何，无法证明为春秋或春秋以前书，以推翻战国以前无私家著作之说也。

　　道家三十七家：曰刘向《说老子》、出汉时，曰《庄子》，曰《列子》，曰《公子牟》，曰《田子》、出战国时，曰《文子》，班自注："老子弟子与孔子并时，而称周平王问，似依托者也。"曰《黄帝君臣》，曰《杂黄帝》，班自注："六国时贤者所作。"曰《力牧》，班自注："六国时所作，托之力牧。"曰《孙子》，班自注："六国时。"曰《捷子》，班自注："齐人，武帝时说。"王念孙曰："捷子，六国时人，《人表》在尸子之后，邹子之前，《史记》作接子（《田完世家》《孟荀传》《正义》说同），注'武帝时说'四字，乃涉下条武帝时说于齐王而衍。"（《读书杂志》）

曰《郑长者》，班自注："六国时。"则此七家亦出战国。曰《曹羽》，班自注："楚人，武帝时说于齐王。"曰《郎中婴齐》，班自注："武帝时。"曰《道家言》，班自注："近世，不知作者。"曰《臣君子》，班自注："蜀人。"考蜀虽见《尚书·牧誓》，而在春秋战国除秦司马错、张仪尝议伐之外，与中原之交涉绝鲜。至汉通西南夷，始与中国接近。前《曹羽》注楚人，在汉时此曰蜀，疑亦在汉。则四家亦皆汉人书。曰《老子邻氏经传》，班自注："姓李名耳，邻氏传其学。"曰《老子傅氏经说》，班自注："述老子学。"曰《老子徐氏经说》，班自注："传老子。"曰《蜎子》，班自注："老子弟子。"曰《关尹子》，班自注："名喜，为关吏，老子过关，喜去吏而从之。"老子前已考订即太史儋，在战国时，此四家更在其后。曰《黔娄子》，班自注："齐隐士，守道不诎，威王下之。"齐威王之立，依《六国表》在周安王二十四年（西前三七八年），为战国时，则黔娄子亦必战国时人。曰《周训》，师古曰："刘向《别录》云：'人间小书，其言俗薄。'"则盖亦后世依托。曰《伊尹》，隋、唐《志》均不著录，其亡已久，故其真伪亦无人论及。清马国翰《玉函山房辑佚书》从《逸周书》《吕氏春秋》《齐民要术》《七略》《别录》《说苑》《尸子》等书，辑得十一篇，马氏《自序》言："九主之名及阻职贡之策，与战国术士语近，殆所谓依托者乎？"今案篇中言"汤得伊尹"云云（《本味》篇采自《吕氏春秋》），已知必非伊尹作。孟子喜称伊尹，从未言其著书，若伊尹有书，孟子之辩割烹要汤，不容不举其书以折之。战国以前他书，亦从不引《伊尹》书。王氏《考证》谓："盖战国权谋之士，著书而托之伊尹。"不误也。曰《太公》(曰《谋》，曰《言》，曰《兵》：《太公》内之类别，非另有三书，钱大昭即主此说。今案《谋》八十一篇，《言》七十一篇，《兵》八十五篇，适符《太公》二百三十七篇之数；道家共三十七家，不数《谋》《言》《兵》适合，数之则多三家，知钱说甚是)，班自注："或有近世，又以为太公术者所增加也。"沈钦韩曰："《谋》者，即太公之《阴谋》；《言》者，即太公之《金匮》……《兵》者，即太公之《兵法》。"(《汉书疏证》)顾实曰："隋、唐《志》《通志》著录太公书多种，《通考》仅余《六韬》而已。"(《汉书艺文志讲疏》)《六韬》前已言为伪书，《金匮》更非太公作(姚氏《古今伪书考》有详论)，《阴谋》今不见专书。汪宗圻辑《太公兵法逸文》(见《渐西村舍丛书》)，实兼《六韬》《金匮》《阴谋》三书，自序力诋今本《六韬》之伪，然其所辑亦必非太公之作。五帝之说，起于战国，三皇又在其后(详下《附录三》)，今其第二篇一再曰："武王问师尚父曰：'五帝之戒，可得闻乎？'"第六篇曰："古者三皇之世。"其他罅漏，触目皆是，一望而知为战国或战国以后所依托。曰《辛甲》。考辛甲之人，一见于《左传》襄公四年，又见于《韩非子·说林》，皆不言其有书，他书亦从未征引，则《辛甲书》之为伪托无疑。清马国翰《玉函山房辑佚书》采《左传》《虞箴》及《说林》所载。案《虞箴》为虞人之词,非辛甲所作,《左传》之言曰:"昔周辛甲之为太史也,今百官官箴王阙,于虞人之箴曰"云云。杜注:"阙,过也,使百官各为箴辞戒王过也。"则《虞箴》即真传出周初,亦非辛甲之书。况朝廷箴劝之词,非私家著作。《说林》所引,乃事的征引,即确信不疑,亦周史之言,非辛甲之书。(辛甲为周太史,此容即辛甲所记,但此所谓史,非离事言理之私家著作。今《辛甲》二十九篇,载之道家,似非史书;若为史书,则未必伪,惟非私家著作矣。)曰《鬻子》,班自注:"名熊,为周师,自文王以下问焉。"考《史记·楚世家》:"鬻熊事文王,早卒。"而其书于文王、周公、康叔皆曰"昔者",知必非鬻子作。黄震(《黄氏日钞》)、胡应麟(《四部正讹》)谓为"战国依托",诚然。曰《老莱子》。老莱子之人,余颇疑为子虚乌有。《庄子·外物》篇记老莱子呵斥孔子,老莱之名此为初见。《庄子》书所言之人,不能质实者不一而足,后人据之伪书,遂若实有其人者,齐谐亢桑斯固然矣,老莱子亦何独不然;班氏"与孔子同时"之言,亦因袭《庄子》。史公附老莱子于《老子传》,即疑其为老子化身,而课虚叩寂,不能实证其人也。《史》言著书十五篇,《志》载十六篇,则史公后尚有伪托附人者。(余拟为专文论之,此处格于体裁,不得太详。)曰《长卢子》,班自注:"楚人。"考《史记·孟荀列传》,于叙荀卿之后论曰:"而赵亦有公孙龙为坚白同异之辩,剧子之言,魏有李悝尽地力之教,楚有尸子、长卢。"与战国诸子并称,且列在尸子之后,其为战国人，无可疑者。曰《老成子》，曰《王狄子》，曰《宫孙子》，曰《楚子》，班氏皆未注作者。曰《鹖冠子》，班氏言："楚人，居深山，以鹖为冠。"此五家时代不可考，他既无战国以前书，此亦不能独外，则其人容或有战国前者，而其书则必战国或战国以后人作。《鹖冠子》今行世犹有之，而其伪谬则前人已能言之（姚氏《古今伪书考》），兹不必再词费也。曰《黄帝四经》，曰《黄帝铭》，王氏《考证》引朱文公谓："战国术士笔之书。"顾实据《太平御览》三百九十引《孙卿子》有黄帝《金人铭》；又五百九十引《家语》孔子观金人节注云："《孙卿子》，《说苑》又载也。"遂信为真黄帝之铭。其实荀子去黄帝几二千年，正诸子托古改制之时，即果有此铭，充其极不过如刘勰之说："盖上古遗语，战代所记。"（《文心雕龙·诸子》篇）黄帝之时，文字未备，而谓有皇皇之著作，声音工整之铭词，人谁信之？曰《管子》，此余作书讨论之本题，而此则不能详论，姑置本证，就旁证言之：孔子迭称管仲，未举其书；桓公霸诸侯之后，列国君相，竞愿学之，而《春秋三传》及《国语》称其事者极多（如《左传》僖二十四年寺人披曰："齐桓公置射钩而使管仲相。"三十四年臼季曰："管敬仲，桓之贼也，实相以济。"《晋语》第十一："齐桓公亲举管敬子，其贼也。"），而无称其书其语者。惟《晋语》第十，齐姜告晋文公有引管仲之语，但其发端曰："昔管敬仲有言，小妾闻之。"而齐姜又为桓公之女，则所引之言，非引自书，而实引自人。盖齐姜亲闻或传闻管仲言，告晋文公时，管仲已死，故曰昔耳。管仲如有书，诸国之欲法齐桓者，不能不奉为圭臬，而内、外《传》及《公》《穀》不能不见也。下至《墨子》《孟子》《荀子》，亦未言管仲有书。直至《韩非子》始曰："藏商管之法者家有之。"（《五蠹》篇）韩非已至战国之末，正伪书丛出之时，则知《管子书》之最早者盖在战国，为不误也。

阴阳家二十一家：曰《邹子》，曰《邹子终始》，曰《邹奭子》，皆在战国。曰《公梼生终始》，班自注："传邹奭《终始书》。"则更在邹后矣。曰《公孙发》，曰《乘丘子》，曰《杜文公》，曰《南公》，班自注并云："六国时。"曰《黄帝泰素》，班自注："六国时韩诸公子所作。"曰《将钜子》，班自注："六国时，先南公，南公称之。"曰《周伯》，班自注："齐人，六国时。"曰《闾丘子》，班自注："名快，魏人，在南公前。"魏立国在周威烈王二十三年（西前四〇三年），已入战国。则八家亦皆在战国。曰《张苍》，班自注："丞相北平侯。"曰《五曹官制》，班自注："汉制，似贾谊所条。"曰《卫侯官》，班自注："近世，不知作者。"曰《于长天下忠臣》，班自注："平阴人，近世。"曰《公孙浑邪》，班自注："平曲侯。"则此五家皆在汉时。曰《宋司星子韦》，班自注："景公之史。"据《史记·十二诸侯年表》，周敬王四年（西前五一六年）为景公元年。《表》谱至敬王四十三年（西前四七七年），为景公四十年，后书："六十四卒。"由敬王四十三年，下推二十四年，为贞定王（一作定王）十六年（西前四五三年）。《春秋》绝笔为敬王三十九年（西前四八一年），则其卒年已入战国二十八年。司星子韦当春秋时，抑战国时，未深考；然《萧绮录》已言"司星氏至六国之末，著阴阳之书"。（《玉函山房·宋司星子韦书附录》引）马氏《玉函山房》从《吕氏春秋·制乐》篇《淮南子·道应训》、刘向《新序·杂事》篇，辑得其逸说一篇，中有曰："可移于宰相。"相之立官，始于战国（详辩《立政》篇），知其书必成于战国。曰《容成子》，班无注，其书久佚。《世本》："黄帝使容成作调历。"（亦见《吕氏春秋·勿躬》篇）《庄子·则阳》篇称容成氏曰："除日无岁，无内无外。"盖相传容成氏明历象，好事者遂作书记之，亦如道家之托黄帝，农家之托神农耳。曰《冯促》，班自注："郑人。"书已亡。据其置于《闾丘子》《将钜子》之间，当亦六国时。曰《杂阴阳》，班自注："不知作者。"其书已亡。按名思义，为杂集阴阳各家之说，是又在诸家之后也。

法家十家：曰《李子》，班自注："名悝，相魏文侯。"文侯已在战国。曰《商君》，曰《申子》，曰《慎子》，曰《韩子》，亦均在战国。曰《处子》，师古曰："《史记》云：'赵有处子。'"考今本《史记》作剧子。其言曰："而赵亦有公孙龙为坚白同异之辩，剧子之言，魏有李悝尽地力之教，楚有尸子、长卢、阿之、吁子焉。"其述在公孙龙之后，且与其他战国诸子并称，则必亦在战国。曰《晁错》，在汉时。曰《游棣子》，班无注。

曰《燕十事》，曰《法家言》，班自注并云："不知作者。"此三书皆置之最末，则虽其书已亡，时代不可考，要之亦战国或战国以后书也。

名家七家：曰《邓析》，其书为后世依托，余有专文（《邓析子真伪年代考》）论辩。曰《尹文子》，曰《公孙龙子》，曰《惠子》，皆战国人。曰《黄公》，班自注："为秦博士。"曰《成公生》，班自注："与黄公等同时。"曰《毛公》，班自注："与公孙龙等并游平原君赵胜家。"则亦战国人。

墨家六家：曰《墨子》，战国人。曰《随巢子》，曰《胡非子》，班自注并云："墨翟弟子。"曰《我子》，师古引刘向《别录》云："为墨子之学。"曰《田俅子》，班自注："先我子。"考《吕氏春秋·首时》篇："墨者有田鸠。"高诱注："田鸠，齐人，学墨子术。"又《韩非子·外储说左上》篇："楚王谓田鸠曰：'墨子者，显学也。'"马骕《绎史》（卷一百三）："田鸠即田俅子，班氏亦以鸠俅为一人，故言先韩子也。"案鸠俅音同字通，马氏谓为一人甚是。四家或墨翟弟子，或为墨翟之学，则更在墨翟之后。此外尚有《尹佚》一家，班自注："周臣，在成康时也。"尹佚即史佚，其书久亡。马氏《玉函山房》据《逸周书》《史记》《左传》《国语》《淮南子》《说苑》、贾谊《新书》等书，辑得若干事。《逸周书》晚出伪书，其言未可信据。《史记》《淮南子》《说苑》《新书》所载，杂采战国诸士之说，信否未敢确定。《左》《国》年代较古，似可依据。史佚为周之史官,自然与修《周史》(《墨子·明鬼下》引周之《春秋》,则《周史》至墨子时尚存),懿言嘉话,《左》《国》每据以征引,非史佚别有离事言理之书也。今以马氏所辑而论,绝不似墨家,知墨家《尹佚》一书为后世依托也。

纵横家十二家:曰《苏子》,曰《张子》,皆在战国。曰《阙子》,班无注,书已亡。《水经注》卷十四,《艺文类聚》六十,《文选》左太冲《吴都赋注》,鲍明远《拟古诗注》,枚叔《七发注》,《太平御览》三百四十七,并引《阙子》"宋景公使弓工为弓"云云。宋景公卒于周贞定王十六年(西前四五三年),入战国二十八年。(考见前)死然后有谥,《阙子》举其谥,必在卒后。曰《秦零陵令信》,班自注:"难秦相李斯。"其时代可知矣。曰《蒯子》,班自注:"名通。"曰《邹阳》,曰《主父偃》,曰《徐乐》,曰《庄安》(即《严安》),五子并在汉时。曰《待诏金马聊苍》,班自注:"赵人,武帝时。"则亦在汉也。曰《庞煖》,班自注:"为燕将。"《兵权谋》亦有《庞煖》,盖非一书,而为一人。《史记·燕世家》燕王喜十二年:"剧辛故居赵,与庞煖善,已而亡走燕。燕见赵数困于秦,而廉颇去,令庞煖将也。欲因赵弊攻之,问剧辛,辛曰:'庞煖易与耳。'燕使剧辛将击赵,赵使庞煖击之,取燕军二万,杀剧辛。"(《六国表》燕王喜十三年,剧辛死于赵。)据此,庞煖为赵将,班氏盖涉见《燕世家》与燕战而误。燕王喜十二(或十三)年已至战国矣。曰《国筮子》,班无注,其书久亡,他亦无可考,以班氏置《阙子》后,《秦零陵令信》之前,盖亦战国末年人也。

杂家二十家:曰《尉缭》,曰《尸子》,曰《吕氏春秋》,皆在战国。曰《淮南内》,曰《淮南外》,曰《东方朔》,皆在汉代。无烦考也。曰《大爯》,班自注:"传言禹所作,其文似后世语。"曰《荆轲论》,班自注:"轲为燕刺秦王不成而死,司马相如等论之。"曰《博士臣贤对》,班自注:"汉世,难韩子商君。"曰《臣说》,班自注:"武帝时作赋。"(沈涛谓赋字疑衍)亦无烦考也。曰《孔甲盘盂》,班自注:"黄帝之史,或曰夏帝孔甲,似皆非。"则亦后世依托。曰《伍子胥》。子胥处心积虑,报父兄之仇,何暇著书?《左》《国》亦不言其有书。《兵技巧》尚有《伍子胥》十篇,《图》一卷,并此均亡佚。行世有东汉人袁康托为子胥作之《越绝书》,今本篇次错乱,以末篇证之,本八篇曰《太伯》第一,《荆平》第二,《吴》第三,《计倪》第四,《请粜》第五,《九术》第六,《兵法》第七,《陈桓》第八,与此篇数适合,若果为一书,则知为东汉人作矣。曰《由余》,亦佚。马氏《辑佚书》从《史记·秦本纪》《韩非子·十过》篇、《说苑·反质》篇、贾谊《新书·礼》篇辑得三事。据《史记》所载,谓篡弑灭宗,由于礼乐法度,似拾道家之唾余。《韩非子》《说苑》所载,则又极力倡俭,谓:"昔者尧有天下,饭于土簋,饮于土铏,其地南至交趾,北至幽都,东西至日月之所出入者,莫不宾服。"则又酷类墨子。交趾至秦汉始通中国,尧所统辖,不出黄河流域,即此而言,亦必后人依托。且《韩非子》《史记》

皆谓秦穆公闻由余之言，退问内史廖曰："寡人闻邻国有圣人，敌国之忧也。今由余、圣人也，寡人患之，吾将奈何？"（依《韩非子》，与《史记》文字小有异同。）于是如何以"女乐二人遗戎王"，如何由余遂降秦，事全同，而由余之语，则不同；至于一似道家，一似墨子，显为后人附会。曰《伯象先生》，班无注。应劭曰："盖隐者也。故公孙敖难以为无益世主之治。"考公孙敖难见《太平御览》八百十一引《新序》。（今本《新序》脱）其言曰："公孙敖问伯象先生曰：'今先生收天下之术，博观四方之日久矣，未能裨世上（疑为主上之误，应劭引作主上）之治，明君臣之义。"公孙敖有二，一为春秋时人，即孟穆伯；一为汉景武时人。今案"世主"二字，天下一统后称君上之词，春秋战国诸侯并峙，称国君固不得曰世主，称天子亦未闻曰世主者。（春秋称天子曰王，或曰天王，战国后天子益微，诸侯皆王，势同赘疣，人鲜称道；称者概冠以周字，曰周王，或曰周君。）又称人称书曰先生，亦不见于春秋战国，班氏列之于《东方朔》之后，则公孙敖必景武时之公孙敖，伯象先生之人及书，亦必在景武时矣。曰《吴子》，曰《公孙尼》，曰《解子簿书》，曰《推杂书》，班氏俱无注，其书全亡，其排列俱在极末，年代亦略可推矣。曰《杂家言》，班自注："王伯，不知作者。"师古曰："言伯王之道，伯读曰霸。"言王霸，始于战国，极于汉初（详下《附录三》），战国以前无有也。此外尚有一家，曰《子晚子》，班自注："齐人，好议兵，与《司马法》相似。"

书亡，时代难考，然亦无法定为战国以前书也。总之，杂家"兼儒墨，合名法"，必在儒墨名法成立之后，儒墨名法尚无战国以前书，何况杂家？故杂家有时代古远者，不问而知为伪托，以诸家未成立，无可供其采获以成其博杂之学也。

农家九家：曰《神农》，班自注："六国时诸子疾时怠于农业，道耕农事，托之神农。"曰《野老》，班自注："六国时，在齐楚间。"曰《董安国》，班自注："汉代内史。"曰《氾胜之》，班自注："武帝时为议郎。"曰《蔡癸》，班自注："宣帝时。"曰《宰氏》，曰《尹都尉》，曰《赵氏》，曰《王氏》，班自注："不知何世。"《元和姓纂·十五海》宰氏姓下引《范蠡传》："陶朱公师计然，姓宰氏。"世人据此谓宰氏即计然。马氏《辑佚书》据《越绝书》《吴越春秋》《史记》及各类书辑为《范子计然》三卷。篇中言"某出三辅"者，不下数十事。此外曰："兔毫出乐浪。""蜀椒出武都……秦椒出陇西天水。""楗枣出汉中。""蜀漆出蜀郡。""空青曾青出巴郡。"若此者甚众，皆汉郡，则其书必汉人依托。《尹都尉》，马氏《辑佚书》考为汉成帝以前人，确否未遑博考。都尉必为尹某职官，都尉汉置，以前无有，则必为汉人。《赵氏》，沈钦韩疑为赵过。(《汉书疏证》)《食货志》载过精农政，有新法，武帝末为搜粟都尉。据此，沈氏之言，似乎不误，而《赵氏》之人与书，亦知在汉武之世矣。惟王氏实无可考，但班氏置之最末，其时代可断非战国以前也。

小说家十五家：曰《伊尹说》，班自注："其语浅薄，似依托也。"曰《鬻子说》，班自注："后世所加。"曰《周考》，班自注："考周事也。"考为稽考之意，亦明后人作也。曰《师旷》，班自注："见《春秋》，其言浅薄，本与此同，似因托也。"曰《务成子》，班自注："称尧问，非古语。"曰《宋子》，即宋钘，战国人，与孟子同时。曰《天乙》，班自注："天乙谓汤，其言非殷时，皆依托也。"曰《黄帝说》，班自注："迂诞，依托。"曰《封禅方说》，班自注："武帝时。"曰《待诏臣饶心术》，班自注："武帝时。"曰《臣寿周纪》，班自注："宣帝时。"曰《虞初周说》，班自注："武帝时。"曰《待诏臣安成未央术》，班无注，置《待诏臣饶心术》下，《臣寿周纪》上。待诏为汉官，则亦汉时书。惟尚有《青史子》一家，班自注："古史官记事也。"书已佚，《大戴礼·保傅》篇，贾谊《新书·胎教杂事》，并引《青史氏》记胎教之文，浅近似秦汉语。即真为古史记，又非吾所谓离事言理之私家著作矣。曰《百家》，无注。

《兵书略》分四类：曰《兵权谋》，曰《兵形势》，曰《兵阴阳》，曰《兵技巧》。《兵权谋》十三家：曰《吴孙子》。《史记·孙武吴起传》："孙子者，齐人也，以兵法见于吴王阖庐。阖庐曰：'子之十三篇，吾尽观之矣。'"又载其为吴破楚入郢。既灼灼如是，何以《左传》《国语》并无其人？入郢之功，《左传》全系之伍子胥太宰嚭夫概，无一语及孙子。意史公之言，盖本之伪《孙子》者（伪《孙子》者必为序，或代序之篇章，铺叙孙子事功)。梅圣俞、叶正则(《习学记言》)、姚际恒(《古今伪书考》)等疑之是也。(《史》言十三篇,《志》载八十二篇,又《图》九卷,知史公之后,尚有陆续增附者。)曰《齐孙子》,师古曰:"孙膑。"曰《公孙鞅》,曰《吴起》,真伪姑不论,固皆战国时人。曰《范蠡》,曰《大夫种》,书举亡。二人论兵之言,散见《越语》《史记》《吴越春秋》等书,而《越语》《史记》不言二人有书,盖后人附益《越语》为之。曰《李子》(一作《季子》),曰《娷》,曰《兵春秋》,班并无注,书全亡。依其排次之序,当亦战国时。曰《庞煖》,前已言与燕王喜同时。曰《兒良》,师古曰:"六国时人也。"曰《广武君》,班自注:"李左车。"知为汉人。曰《韩信》,其年代尽人知之,毫无问题。

《兵形势》十一家:曰《楚兵法》,班无注,书亡,疑后人记楚用兵。曰《蚩尤》,应劭曰:"蚩尤古天子,好五兵。"案《荀子》曰:"五帝之外无传人……五帝之中无传政。"(《非相》篇)故自五帝皆神话时代,诸子百家,恣意托附,其言皆不得据为史料。蚩尤好五兵,亦一种传说,信否应付阙疑;至其书则必依好五兵之说而附会者也。曰《孙轸》,班无注,无可考。曰《繇叙》,王氏《考证》谓即由余。由余无书,前已考定。李筌《太白阴阳经》曰:"秦由余有《阵图》。"愈后愈多,何庸驳辩?曰《王孙》,班无注,时无考。曰《尉缭》,与梁惠王同时。曰《魏公子》,班自注:"名无忌。"知亦战国人。曰

《景子》，班无注，书亡。依排比之次。前者为战国，后者汉代，其时可想。曰《李良》，书亡。《史记·张耳陈馀传》："有李良者，为赵将。"当即其人，在秦末汉初。曰《丁子》，沈钦韩谓："疑即丁固。"（《汉书疏证》）丁固，项羽将。曰《项王》，真伪不论，其时代人举知在秦末。

《兵阴阳》十六家：曰《太壹兵法》，曰《天一兵法》，曰《神农兵法》，曰《黄帝》。考《武经总要》曰："太乙者，天帝之神也，其星在大一之南。"据此，太壹，天一，皆神，亦能为人世作书，荒谬何极！与《神农》《黄帝》皆伪托无疑义。曰《封胡》，曰《风后》，曰《力牧》，曰《鬼容区》，班并云："黄帝臣，依托也。"至今之风后《握奇经》，又为唐宋以后之伪书。①曰《鵊冶子》（冶一作治），曰《地典》，曰《孟子》，曰《东父》，班并无注，书亡。曰《师旷》，班自注："晋平公臣。"吾闻师旷明音律，未闻能兵，竟有作兵书托之盲目之师旷者；顾亦有因。《左传》襄十八年："晋人闻有楚师，师旷曰：'不害，吾骤歌北风，又歌南风，南风不竞，多死声，楚必无功。'"曰《苌弘》。苌弘亦博能兵之名，著兵家之书，此与《太壹》《天一》《神农》《黄帝》《师旷》皆伪书之极无谓者，余实厌为之辩。曰《别成子望军气》，曰《辟兵威胜方》，班未注作者，而列之最末，必兵阴阳时代最后之作也。

---

① 辩见《古今伪书考》《四库全书提要》等书。

《兵技巧》班言十三家，而实为十六家：曰《鲍子兵法》，班无注，后人亦无论者。余意伪托鲍叔牙，以鲍叔牙亦尝为将，作伪者固喜如此。曰《伍子胥》（一本作《五子胥》），子胥无书，已见前。曰《公胜子》，曰《苗子》，班无注，书亡，时无考。曰《逢门射法》，师古曰："即逢蒙。"考《孟子》："逢蒙学射于羿。"（《万章》篇）则逢蒙殷人。殷时绝无私家著作，无须考辩。曰《阴通成射法》，班无注，书佚，时无考。曰《李将军射法》，师古曰："李广。"曰《魏氏射法》，班无注，书亡，时无考，以排次论，当为汉时。曰《强弩将军王围射法》，师古曰："围，郁郅人也，见《赵充国传》。"则亦汉人。曰《望远连弩射法具》，曰《护军射师王贺射书》，班并无注，书亡。考《汉书·百官公卿表》："护军都尉，秦官，武帝元狩四年，属大司马……平帝元始元年，更名护军。"望远亦疑为汉侯。果尔，固皆汉人书。曰《蒲苴子弋法》，《淮南子·览冥训》："蒲苴子之连鸟于百仞之上，而詹何之鹜鱼于大渊之中。"高诱注："蒲苴子，楚人，善弋射。"他无可考。（伪《列子》述之，晋人书，时代太晚，未可据。）依排列次序，当亦汉人书。（蒲苴子若为汉以前人，则书出依托。）曰《剑道》，书亡，无考。曰《手搏》，书亡。《刑法志》："战国稍增讲武之礼，以为戏乐，用相夸视，而秦更名角抵。"《武帝纪》："元封三年春，作角抵戏。"《哀帝纪》："时览卞射武戏。"师古注："手搏为卞，角力为戏。"据此，角抵手搏起于战国，盛于西汉，其书可以推矣。

曰《杂家兵法》，班无注，此盖杂集用兵言兵之书，时代当极晚。曰《蹴鞠》，班无注。考刘向《别录》云："蹴鞠者，传言黄帝所作，或曰起战国之时。"（《史记·苏秦传集解》引）蹴鞠手搏类同，起亦当同时，或曰战国时，是也。

考辩至《兵书略》，烦乱无味。《诸子略》虽杂伪书，真者尚夥，兵书几于全伪；且不惟伪托神话时代之帝王君臣，且伪托缥缈无稽之天地鬼神。盖托古之风既开，甲托之文武周公，乙思驾而上之，则必托之尧舜禹汤；丙又思驾而上之，则必托之神农黄帝。如积薪耳，后来居上，势必伪造古帝，虚构三皇；犹以为未足，不得不离尘寰而上天入地，于是太一（泰壹）、天一（天乙）皆有著作矣。至《数术》《方技》两略，更乌烟瘴气，不可究诘。（神书更多）堪注意者，班氏于《诸子略》伪托之书，概标明于注，而《兵书略》《太壹》《天一》诸书之显为依伪者反阙焉；《数术》《方技》尤不著一字。盖注以辩疑，不疑何注？此等书赝伪荒谬，已为人所共知，无庸再辩。故今所以置不考者，固以医卜星相，不得与离事言理之私家著作同论；亦以不值一辩，何必浪掷笔墨也哉！

三曰《左》《国》《公》《穀》及他战国初年书不引战国前私家著作也　投石于水，水为之波；掷靛于布，布为之染；水流湿；火就燥；一种学说发生，学术界未有不受其影响者也。故神农黄帝之书而果真，则殷墟文字，不能如此简陋；太公管子之书而果真,则春秋时代,不应无道家法家思想。① 此就其抽象之言,尚不足以折服泥古之口。就其具体实证而言,既有此书,则此后之书,必有征引或论述。战国以前若有私家著作,何能不一见于战国初年书也?战国初年书之可信据者,曰《左传》,曰《国语》,曰《公羊》,曰《穀梁》,曰《论语》,曰《墨子》前五十一篇,曰《孟子》,曰《庄子·内篇》,曰《荀子》。②今一一述之于下:

《左氏》浮夸,最喜征引。全书引《诗》者一百五十四:

隐元年:"《诗》曰。"三年:"《商颂》曰。"六年:"《诗》云。"桓十二年:"《诗》云。"庄六年:"《诗》云。"二十二年:"《诗》云。"闵元年:"《诗》云。"僖五年:"《诗》云。"九年:"《诗》所谓。""《诗》曰。""又曰。"十二年:"《诗》曰。"十五年:

---

① 《左传》记昭六年,郑人铸刑书,叔向诒子产书,力言其非。二十九年,晋铸刑鼎,著范宣子所为刑书,仲尼曰:"晋其亡乎!"可见《春秋》时无法家思想。至道家思想,《春秋》三传亦不一见。

② 《论》《孟》《左传》:皆战国初年书,无问题。《公》《穀》成书年月盖甚晚,而其传授则实自战国初年,故亦认为战国初年书。《墨子》后二十篇(《备城门》以下),为汉人伪作,经近人朱希祖考订,略成定谳(见《清华周刊》第三十卷第九期);前五十一篇,亦非尽墨子作,要之为战国初年之书。《庄子书》,真庄子作者,惟《内篇》及《寓言》《天下》二篇,余皆后人依附(见拙撰《庄子篇章真伪考证》),《寓言》引书甚少,《天下》所引已前,故只列《内七篇》。《荀子书·大略》以下数篇,非荀子作。故所引须分别观之。

《诗》曰。"十九年:"《诗》曰。"二十年:"《诗》曰。"二十二年:"《诗》曰。""《诗》曰。""又曰。"二十四年:"召穆公思周德之不类,故纠合宗族,达成周而作《诗》曰。""《诗》曰。""《诗》曰。"二十八年:"《诗》云。"三十三年:"《诗》曰。"文元年:"周芮良夫之《诗》曰。"二年:"《诗》曰。""又曰。""《诗》曰。""《鲁颂》曰。""《诗》曰。"三年:"《诗》曰:'于以采蘩,于沼于沚,于以用之,公侯之事',秦穆有焉。'夙夜匪懈,以事一人',孟明有焉。'诒厥孙谋,以燕翼子',子桑有焉。"四年:"《诗》曰。""《诗》云。"六年:"《诗》曰。"十年:"《诗》曰。"十五年:"《诗》曰。""在《周颂》曰。"宣二年:"《诗》所谓。""《诗》曰。""又曰。""又:'自诒伊戚',杜注:'逸诗也。'"九年:"《诗》云。"十一年:"《诗》曰。"十二年:"《汋》曰,《武》曰(杜注:《汋》,《诗·颂》篇名;《武》,《诗·颂》篇名)。""《诗》云。""武王克商作《颂》曰。""又作《武》曰。""《诗》曰。"十五年:"《诗》曰。"十六年:"《诗》曰。"十七年:"《诗》曰。"成二年:"《诗》曰。""《诗》曰。""《诗》曰。""《诗》曰。""《诗》曰。"四年:"《诗》曰。"六年:"《诗》曰。"七年:"《诗》曰。"八年:"《诗》曰。""《诗》曰。"九年:"《诗》曰。"十二年:"故《诗》曰。""故《诗》曰。"十四年:"故《诗》曰。"十六年:"《诗》曰。"襄二年:"《诗》曰。""《诗》曰。"三年:"《诗》曰。"五年:"《诗》曰。"七年:"《诗》曰。""又曰。""《诗》曰。""《诗》曰。"八年:"《周诗》有之曰。""《诗》曰。"十年:"《诗》所谓。"

十一年:"《诗》曰。"十三年:"其《诗》曰。""《诗》曰。""《诗》曰。"十四年:"《诗》曰。"十五年:"《诗》云。"二十一年:"《诗》曰。""《诗》曰。""《诗》曰。"二十二年:"《诗》曰。"二十四年:"《诗》曰:'乐只君子,邦家之基(杜注《诗·小雅》)……上帝临女,无贰尔心(杜注《诗·大雅》)。'"二十五年:"《诗》所谓。""《诗》曰。"二十六年:"《诗》曰。""《商颂》有之曰。"二十七年:"彼其之子,邦之司直(杜注《诗·郑风》)。……何以恤我,我其将之(杜注逸诗)。"二十九年:"《诗》云。""《诗》曰。""《诗》曰。"三十年:"《诗》曰。""又曰。"三十一年:"《诗》曰。""《诗》云。""《诗》云。""《诗》云。""《卫诗》曰。""《周诗》曰。""《诗》曰。"昭元年:"《诗》曰。""《诗》曰。""《诗》曰。"二年:"《诗》曰。"三年:"《诗》曰。""《诗》曰。"四年:"《诗》曰。"五年:"《诗》云。"六年:"《诗》曰。""又曰。""《诗》曰。""《诗》曰。"七年:"故《诗》曰。""《诗》所谓。""《诗》曰。""又曰。""《诗》曰。""《诗》曰。"八年:"《诗》曰。"九年:"《诗》曰。"十年:"《诗》曰。""《诗》曰。""《诗》曰。"十二年:"祭公谋父作《祈招之诗》,其《诗》曰。"十三年:"《诗》曰。"二十年:"《诗》曰。""《诗》曰。""《诗》曰。""又曰。"二十一年:"《诗》曰。"二十三年:"《诗》曰。"二十四年:"《诗》曰。""《诗》曰。"二十五年:"《诗》曰。"二十六年:"《诗》曰。""《诗》曰。""《诗》曰。"二十八年:"《诗》曰。""《诗》曰。""《诗》曰。"三十二年:"《诗》曰。""《诗》曰。"定三年:

"《诗》曰。"十年:"《诗》曰。"哀二年:"《诗》曰。"五年:"《诗》曰。"《商颂》曰。"二十六年:"《诗》曰。"

称《诗》者(不举其词者)六:

隐二年:"《风》有《采蘩》《采蘋》,《雅》有《行苇》《泂酌》。"昭元年:"《小旻》之卒章善矣。"定十年:"臣之业在《扬水》卒章之四言矣。"

引《书》者四十二:

庄八年:"《夏书》曰。"僖六年:"故《周书》曰。""又曰。""又曰。"二十三年:"《周书》有之。"二十七年:"《夏书》曰。"三十三年:"《康诰》曰。"文五年:"《商书》曰。"十八年:"《虞书》数禹之功曰。"七年:"《夏书》曰。"宣六年:"《周书》曰。"十二年:"《仲虺》有言曰。"十五年:"《周书》所谓。"成二年:"《周书》曰。""《大誓》所谓。"六年:"《商书》曰。""《周书》曰。"十六年:"《周书》曰。""《夏书》曰。"襄二年:"《商书》曰。"五年:"《夏书》曰。"十一年:"《书》曰。"十三年:"《书》曰。"十四年:"《仲虺》有言曰。""故《夏书》曰。"二十一年:"《夏书》曰。"二十三年:"《夏书》曰。"二十五年:"《书》曰。"二十六年:"故《夏书》曰。"三十年:"《仲虺之志》曰。"

三十一年:"《大誓》云。""《周书》数文王之德曰。"昭元年:"《大誓》曰。"八年:"《周书》曰。"十年:"《书》曰。"十四年:"《夏书》曰。"十七年:"故《夏书》曰。"二十年:"在《康诰》曰。"二十四年:"《大誓》曰。"襄六年:"《夏书》又曰。"十一年:"《盘庚之诰》曰。"十八年:"《夏书》曰。"

引《易》者七:

宣六年:"其在《周易》。"十二年:"《周易》有之。"襄九年:"是于《周易》曰。"二十八年:"《周易》有之。"昭元年:"在《周易》。"二十九年:"《周易》有之。"三十二年:"在《易》。"

以《易》占者不可胜数。引《礼》者一:

文十八年:"先君周公制《周礼》曰。"

引《夏训》者一:

襄四年:"《夏训》有之曰。"

引《周志》者一:

文二年:"《周志》有之。"

引前志者二:

文六年:"前志有之曰。"成十五年:"前志有之曰。"

引军志者二:

宣十二年:"军志曰。"昭二十一年:"军志有之曰。"

引志者六:

襄四年:"志所谓。"二十五年:"志有之。"昭元年:"志曰。"三年:"志曰。""又曰。"哀十八年:"志曰。"

引《郑书》者二:

襄三十年:"《郑书》有之曰。"昭二十八年:"《郑书》有之。"

引箴铭者三:

襄四年:"于《虞人之箴》曰。"昭三年:"《谗鼎之铭》曰。"

七年:"故其《鼎铭》云(杜注:正考父庙之鼎)。"

引史佚者五:

僖十七年:"且史佚有言曰。"文十五年:"史佚有言曰。"宣十二年:"史佚所谓。"成四年:"史佚之志有之。"昭元年:"史佚有言曰。"

引周任者二:

隐六年:"周任有言曰。"昭五年:"周任有言曰。"

引周文王者一:

昭七年:"周文王之法曰。"

引周武王者一:

昭七年:"昔武王数纣之罪以告诸侯曰。"

引楚庄王者一:

成二年:"且先君庄王(楚庄王)属之曰。"

引楚文王者一:

昭七年:"吾先君文王(楚文王)作《仆区之法》曰。"

引孔子者,二十二:

僖二十八年:"仲尼曰。"文二年:"仲尼曰。"宣二年:"孔子曰。"九年:"孔子曰。"成二年:"仲尼闻之曰。"十七年:"仲尼曰。"襄二十五年:"仲尼曰。"三十一年:"仲尼闻是语也,曰。"昭五年:"仲尼曰。"七年:"仲尼曰。"十二年:"仲尼曰。"十三年:"仲尼谓子产。"十四年:"仲尼曰。"二十年:"仲尼曰。""仲尼曰。""仲尼曰。"二十八年:"仲尼闻魏子之举也,以为义曰。"二十九年:"仲尼曰。"定九年:"仲尼曰。"哀六年:"孔子曰。"十一年:"孔子曰。""孔子曰。"

引子思者一:

哀五年:"子思曰。"

引叔向者一:

哀十七年:"叔向有言曰。"

引辛伯者一:

闵二年:"昔辛伯谂周桓公云。"

引子犯者一:

宣十二年:"先大夫子犯有言曰:师直为壮,曲为老。"

引臧孙纥者一:

昭七年:"臧孙纥有言。"

引谣谚者十九:

隐十一年:"周谚有之曰。"桓十年:"周谚有之。"闵元年:"且谚曰。"僖五年:"谚所谓。""童谣云。"七年:"谚有之曰。"文七年:"谚所谓。"宣四年:"谚曰。"十五年:"谚曰。"十六年:"谚曰。"昭元年:"谚所谓。"三年:"且谚曰。"七年:"抑谚曰。"十三年:"谚曰。"十九年:"谚曰。""谚所谓。"二十五年:"童谣有之曰。"二十八年:"谚曰。"定十四年:"谚曰。"

引古人之言者八：

僖七年："古人有言曰。"文十七年："古人有言曰。""又曰。"宣十五年："古人有言曰。"成十七年："古人有言曰。"襄二十四年："古人有言曰。"二十六年："古人有言曰。"昭七年："古人有言曰。"

引人言者三：

昭七年："人有言。"二十二年："人有言曰。"二十四年："人亦有言曰。"

引先民之言者一：

哀十五年："先民有言曰。"

总观所引之书，除《诗》《书》《易》《礼》而外，曰《夏训》，曰《周志》，曰前志，曰军志，曰志，曰《郑书》：皆史也，无一为离事言理之作。曰《虞箴》，曰《鼎铭》，箴铭之作，其源甚古，但不得与后世成一家言之私人著作同论。所引之人，曰史佚，曰周任，皆史官，其言必见其所修之史。（成四年引史佚之志，志即史。）曰周文、武，曰楚庄、文，曰叔向，曰辛伯,曰子犯,曰臧孙纥:皆历史人物,其言故见于史书。子犯之言即见《左传》僖二十八年。曰谣谚,曰泛引古人、先民,或史籍所载,或口碑所传,绝非有私人著作。惟孔子子思虽亦历史人物,而实兼学术人物。但孔子述而不作,无私家著作之书,《三传》及他战国初年书,所引孔子之言,除荒缈无稽者(如庄子所引),概得之传闻,或孔门弟子之口授。子思已为战国时人,与《左传》作者相近。(《左传》作者虽不可考,然即其引子思言而论,知必非与孔子同好恶之左丘明,而其时代绝不能前于子思也。)无论得之其人,见诸其书,与战国前无私家著作之说,固无抵也。昭十二年楚王谓左史倚相能读《三坟》《五典》《八索》《九邱》,真伪姑不论,固史书而非私家离事言理之作也。

《国语》引《书》者六:

《周语上》第一:"《夏书》有之曰。""在《汤誓》曰。""在《盘庚》曰。"《晋语》第十:"《夏书》有之曰。""《周书》有之曰。"《楚语上》第十七:"《周书》曰。"

引夏令者一:

《周语中》第二:"故夏令曰。"

引周制者二:

《周语中》第二:"周制有之曰。""周之制官有之曰。"

引志者二:

《晋语》第十五:"志有之曰。"《楚语上》第十七:"其在志也。"

引先王者一:

《周语中》第二:"先王之令有之曰。"

引史佚者一:

《周语下》第三:"昔史佚有言曰。"

书皆政典,人则史官,无一离事言理之作。

《穀梁》《公羊》不喜博引,所引概传《春秋》之人。《公羊传》引沈子者二:

隐十一年:"子沈子曰。"庄十年:"子沈子曰。"

引公羊子者二：

　　桓六年："子公羊子曰。"宣五年："子公羊子曰。"

引鲁子者三：

　　庄三年："鲁子曰。"二十三年："鲁子曰。"僖二十八年："鲁子曰。"

引司马子者一：

　　庄二十九年："子司马子曰。"

引女子（读汝子）者一：

　　闵元年："子女子曰。"

引高子者一：

　　文四年："高子曰。"

引北宫子者一：

哀四年："子北宫子曰。"

引孔子者二：

昭十二年："子曰。"二十五年："孔子曰。"

引或曰者三：

闵二年："或曰。""或曰。"成元年："或曰。"

引不修《春秋》者一：

庄七年："不修《春秋》曰。"

引既修《春秋》者一：

庄七年："不修《春秋》曰……君子修之曰。"

《穀梁传》引穀梁子者一：

隐五年："穀梁子曰。"

引尸子者一：

　　定元年："尸子曰。"

引沈子者一：

　　定元年："沈子曰。"

引孔子者六：

　　桓二年："孔子曰。"三年："孔子曰。"十四年："孔子曰。"僖十六年："子曰。"成五年："孔子曰。"昭四年："孔子曰。"

引子贡者一：

　　桓三年："子贡曰。"

引《传》者四：

　　成八年："《传》曰。"十六年："《传》曰。"襄三十年："《传》曰。"昭元年："《传》曰。"

人皆传《春秋》之人,书曰《春秋》,曰《传》:皆史书也。

《论语》引《诗》者四:

《学而》第一:"《诗》云。"《八佾》第三:"相维辟公。""巧笑倩兮。"《泰伯》第八:"《诗》云。"

论《诗》者九:

《为政》第二:"诵《诗》三百。"《八佾》第三:"《关雎》乐而不淫。"《泰伯》第八:"兴于《诗》。""师挚之始,《关雎》之乱。"《子罕》第九:"《雅》《颂》各得其所。""《唐棣之华》。"《子路》第十三:"诵《诗》三百。"《季氏》第十六:"不学《诗》,无以言。"《阳货》第十七:"小子何莫学乎《诗》,女为《周南》《召南》矣乎。"

引《书》者二:

《为政》第二:"《书》云。"《宪问》第十四:"《书》云。"

引《易》者一:

《子路》第十三:"不恒其德,或承之羞。"(孔安国曰:此

《易·恒卦》之辞也。)

论《易》者一：

《述而》第七："五十以学《易》。"

论《礼》者二：

《泰伯》第八："立于《礼》。"《季氏》第十六："不学《礼》，无以立。"

论乐者三：

《八佾》第三："子谓《韶》。"《泰伯》第八："成于乐。"《子罕》第九："然后乐正。"（此疑论《诗》，姑列入。)

引周任者一：

《季氏》第十六："周任有言曰。"

引人言者四：

《子路》第十三:"子曰:'善人为邦百年,亦可以胜残去杀矣。'诚哉是言。"(孔安国曰:古有此言,故孔子信之也。)

又:"人之言曰。""人言曰。""南人有言曰。"

无私家著作也。

附说 《论语》论礼乐之言甚多,如曰:"礼云礼云,乐云乐云。"如曰:"礼与其奢也,宁俭。"之类,泛言礼乐,非指《礼书》《乐书》而言,不得与引书论书同列。

《墨子》前五十一篇,引《诗》者十二:

《所染》:"《诗》曰。"《尚贤中》:"《诗》曰。""《周颂》道之曰。"《尚同中》:"《周颂》道之曰。""《诗》曰。""又曰。"《兼爱下》:"《周诗》曰。""《大雅》之所道曰。"《非攻中》:"《诗》曰。"《天志中》:"《皇矣》道之曰。"《明鬼下》:"《大雅》曰。"《非命上》:"在于商夏之诗曰。"

引《书》者三十二:

《七患》:"《夏书》曰。""《殷书》曰。""《周书》曰。"《尚贤中》:"《汤誓》曰。""先王之书《吕刑》道之曰。""先王之言曰。"《尚贤下》:"于先王之书《吕刑》之书然王曰。""于先王之书《竖年》之言然曰。"《尚同中》:"是以先王之书《吕刑》之道曰。""是以先王之书《术令》之道曰。""是以先王之书《相年》之道曰。"《尚同下》:"于先王之书也《太誓》之言然曰。"《兼爱下》:"《泰誓》曰。""虽《禹誓》即亦犹是也。""禹曰。""虽《汤说》即亦犹是也。""汤曰。"《天志中》:"大誓之道之曰。"《明鬼下》:"《商书》曰。""《夏书》《禹誓》曰。"《非乐上》:"先王之书汤之官刑有之曰。""于《武观》曰。"《非命上》:"于《仲虺之告》曰。""于《太誓》曰。""先王之宪亦尝有曰。""先王之刑亦尝有曰。""先王之誓亦尝有曰。"《非命中》:"《仲虺之告》曰。""《太誓》之言然曰。"《非命下》:"《禹》之《总德》有之曰。""《仲虺之告》曰。""《太誓》之言也于去发曰。"

附说 《墨子》引商夏之诗,其词曰:"命令,暴王所作。"不似《诗》,但既标曰诗,故姑附引《诗》之中。所引《书》更多今本所无,即有之,亦大相出入。但古《尚书》百篇,今存者才二十八篇,则所引容在逸篇。惟曰"先王之宪,先王之刑",未必尽载于《书》,要之必见古史,故姑附焉。

引传者二:

《尚贤中》:"传曰。"《兼爱中》:"传曰。"

引各国《春秋》者四:

《明鬼下》:"著在周之《春秋》。""著在燕之《春秋》。""著在宋之《春秋》。""著在齐之《春秋》。"

引鲁语者一:

《公孟》:"子亦闻夫鲁语乎?"(盖非《国语》之《鲁语》)

引古圣王者五:

《节用中》:"昔者圣王为法曰。""古者圣王制为节用之法曰。""古者圣王制为饮食之法曰。""古者圣王制为衣食之法曰。""古者圣王制为节丧之法曰。"

引古语者六:

《尚同下》:"古者有语焉曰。"《非攻中》:"古者有语。""古者有语。""古者有语。"《天志上》:"且语言有之曰。"(此容为当时语,只此一条,且难定时代,姑附于此。)《明鬼下》:"于古曰。"

《诗》《书》之外,曰传,曰各国《春秋》,皆政典;古语当见古史,无私家言理之书也。至所引古圣王之法,疑为托古改制,否则《诗》《书》所载。《明鬼下》引禽艾之言,翟灏疑即《逸周书·世俘解》禽艾候（《墨子间诂》引），他无所见，确否难定；要之亦历史人物，无私人著作。至公孟、公输、告子（与墨子同时，非与孟子言性恶之告子，见《公孟》篇）、程子（亦见《公孟》篇）之流，皆与墨子同时，不得与引古同论矣。

《孟子》引《诗》者三十三：

《梁惠王》篇："《诗》云：经始灵台。""《诗》云：他人有心。""《诗》云：刑于寡妻。""《诗》云：畏天之威。""《诗》云：王赫斯怒。""《诗》云：哿矣富人。""《诗》云：乃积乃仓。""《诗》云：古公亶父。"《公孙丑》篇："《诗》云：自西自东。""《诗》云：迨天之未阴雨。""《诗》云：永言配命。"《滕文公》篇："《诗》云：昼尔于茅。""《诗》云：雨我公田。""《诗》云：周虽旧邦。""《鲁颂》曰：戎狄是膺。""《诗》云：不失其驰。""《诗》云：戎狄是膺。"《离娄》篇："《诗》云：不愆不忘。""《诗》云：天之方蹶。""《诗》云：殷鉴不远。""《诗》云：永言配命。""《诗》云：商之子孙。""《诗》云：谁能执热。""《诗》云：其何能淑。"《万章》篇："《诗》云：娶妻如之何。""《诗》云：普天之下。""《云汉之诗》曰。""《诗》曰：永言孝思。""《诗》云：周道如底。"《告子》篇："《诗》曰：天生蒸民。""《诗》云：既醉以酒。"《尽心》篇："《诗》云：不素餐兮。""《诗》曰：忧心悄悄……肆不殄厥愠。"

称《诗》者（不举其词者）二：

《告子》篇："《小弁》，小人之诗也。""《凯风》何以不怨。"

引《书》者二十一：

《梁惠王》篇："《汤誓》曰：时日曷丧。""《书》曰：天降下民。""《书》曰：汤一征自葛始。""《书》曰：徯我后。"《公孙丑》篇："《太甲》曰：天作孽。"《滕文公》篇："《书》曰：若药不瞑眩。""放勋曰：劳之来之（虽不见今《尚书》，当为逸篇文字）。""《书》曰：葛伯仇饷，汤始征，自葛载。""《书》曰：徯我后……有攸不为臣（赵注《尚书》逸篇之文）。""《太誓》曰：我武维扬。""《书》曰：洚水警余。""《书》曰：丕显哉文王谟。"《离娄》篇："《太甲》曰：天作孽。"《万章》篇："《尧典》曰：二十有八载。""《书》曰：祗载见瞽瞍。""《太誓》曰：天视自我民视。""《伊训》曰：天诛造攻自牧宫。""《康诰》曰：杀越人于货。"《告子》篇："享多仪。"《尽心》篇："南面而征。""武王之伐殷也。"（吴辟疆《孟子文法读本》云，此《尚书》逸文。）

论《书》者一：

《尽心》篇："吾于《武成》，取二三策而已矣。"

引《礼》论《礼》者二十三：

陈澧《东塾读书记》孟子说《礼》，有明言《礼》者（如曰："诸侯耕助"云云，"《礼》朝廷不历位而相与言"云云是也。"诸侯失国"云云，"在国曰市井之臣"云云，下文皆云《礼》也。"丈夫之冠也，父命之"云云，上文云：子未学礼乎？"三年之丧，齐疏之服"云云，"天子一位"云云，皆曰尝闻。"君薨，听于冢宰。"引孔子曰"天子适诸侯"云云两见，一引晏子），有不明言《礼》者（"古者棺椁无度"云云，"夏后氏五十而贡"云云，"夏曰校"云云，"卿以下必有圭田"云云，"岁十一月徒杠成"云云，"招虞人以皮冠"云云，"天子之制地方千里"云云，"牺牲既成"云云，"有布缕之征"云云），有与人论《礼》者（"景丑曰：《礼》曰父召无诺"云云，"淳于髡曰：男女授受不亲，《礼》与？""齐宣王曰：《礼》为旧君有服""万章曰：父母爱之，喜而不忘"云云，与《内则》略同），根泽所数一时散乱，故姑就陈氏列之。《内则》在《礼记》，辑于汉人，孟子果否引《礼》，颇难臆定。他如此者尚多。

说《春秋》者三：

《滕文公》篇："孔子惧，作《春秋》。"《离娄》篇："《诗》亡然后《春秋》作。"《尽心》篇："春秋无义战。"（此似论春秋时事，非论《春秋》书。）

引《传》者一：

《滕文公》篇："《传》曰。"

说《传》者二：

《梁惠王》篇："于《传》有之。""于《传》有之。"

引志者二：

《滕文公》篇："且志曰。""且志曰。"

引孔子者二十九：

顾炎武《日知录》孟子引《论语》有详目，不赘列。此外有引孔子言而不明言孔子者，如曰："君子之德风也。""生事之以礼。"（孟子引曾子曰）均见《论语》。"大人者，言不必信，行不必果"，似本《论语》"言必信，行必果，硁硁然小人哉"。"原泉混混，不舍昼夜"，似本《论语》"逝者如斯夫！不舍昼夜"。

引曾子者六：

《梁惠王》篇:"曾子曰:戒之戒之。"《公孙丑》篇:"曾子谓子襄曰,子好勇乎?""曾子曰:晋楚之富。"《滕文公》篇:"曾子曰:生事之以礼(《论语》谓孔子语)。""曾子曰:不可,江汉以濯之。""曾子曰:胁肩谄笑。"

引曾西者一:

《公孙丑》篇:"曾西艴然不悦曰。"

引子贡者二:

《公孙丑》篇:"子贡问于孔子曰。""子贡曰,见其礼。"

引宰我者一:

《公孙丑》篇:"宰我曰:以予观于夫子。"

引有若者一:

《公孙丑》篇:"有若曰:岂惟民哉?"

引颜渊者一:

《滕文公》篇:"颜渊曰:舜,何人也?"

引子路者一:

《滕文公》篇:"子路曰:未同而言。"

引公明仪者四:

《滕文公》篇:"公明仪曰:文王,我师也。""公明仪曰:三月无君则吊。""公明仪曰:庖有肥肉。"《离娄》篇:"公明仪曰:宜若无罪焉。"

引伊尹者二:

《万章》篇:"伊尹曰:何事非君?"《尽心》篇:"伊尹曰:予不狎于不顺。"

引龙子者二:

《滕文公》篇:"龙子曰:治地莫善于助。"《告子》篇:"龙子曰:不知足而为屦。"

引成覵者一：

《滕文公》篇："成覵曰。"

引齐景公者二：

《梁惠王》篇："齐景公问于晏子曰。"《离娄》篇："齐景公曰：既不能令。"

引阳虎者一：

《滕文公》篇："阳虎曰：为富不仁矣。"

引长息公明高者一：

《万章》篇："长息问于公明高曰。"

引齐太师之诗者一：

《梁惠王》篇："其诗曰：畜君何尤？"（齐太师为景公晏子所奏。）

引孺子之歌者一：

《离娄》篇："有孺子歌曰：沧浪之水清兮！"

引夏谚者一：

《梁惠王》篇："夏谚曰：吾王不游。"

引齐人之言者一：

《公孙丑》篇："齐人有言曰。"

引恒言者一：

《离娄》篇："人有恒言。"

此外若称论尧、舜、文、武、伯夷、叔齐、伊尹、周公、孔子、曾子、柳季、子产，诸圣哲者，未遑枚数；但亦泰半未得与引书同论也。至告子、高子、宋牼、淳于髡，皆并时人，亦屡见于书中；稍前显学，若杨朱、墨翟、子莫之流，主张不同，未引其言，而评论之语，迭见不鲜（此人举知之，不必具列）；所引之人与书，不为少矣，而书无私家著作之书，人非历史人物,即为战国显学(墨翟、杨朱等),总之无战国前著书成一家言者也。

《庄子》寓言十九,所引半属子虚(《天下》篇为自序,皆实指,当别论),能质实者甚少。引《齐谐》者一:

《逍遥游》:"《齐谐》之言曰。"

引宋荣子者一:

《逍遥游》:"而宋荣子犹然笑之。"

引列子者一:

《逍遥游》:"夫列子御风而行。"

引肩吾连叔者一:

《逍遥游》:"肩吾问于连叔曰。"

引肩吾狂接舆者一:

《应帝王》:"肩吾见狂接舆曰。"

引惠子者三:

《逍遥游》:"惠子谓庄子曰。""惠子谓庄子曰。"《德充符》:"惠子谓庄子曰。"

引南郭子綦颜成子游者一:

《齐物论》:"南郭子綦隐几而坐……颜成子游立侍乎前曰。"

引南伯子綦者一:

《人间世》:"南伯子綦游乎商之丘。"(成疏:即南郭子綦也。)

引啮缺王倪者二:

《齐物论》:"啮缺问乎王倪曰。"《应帝王》:"啮缺问于王倪。"(尚附及蒲衣子。)

引瞿鹊长梧者一:

《齐物论》:"瞿鹊问乎长梧子曰。"

引罔两景者一：

《齐物论》："罔两问景曰。"（此显非人。）

引庖丁文惠君者一：

《养生主》："庖丁为文惠君解牛。"（庖丁未必为人名，姑列入。）

引公文轩右师者一：

《养生主》："公文轩见右师而惊曰。"（右师非人名，亦姑列入。）

引老聃秦失者一：

《养生主》："老聃死，秦失吊之。"

引仲尼颜回者三：

《人间世》："颜回见仲尼。"《大宗师》："颜回问仲尼曰。""颜回曰：回益矣。""仲尼曰：何谓也？"

引仲尼叶公子高者一：

《人间世》："叶公子高将使于齐，问于仲尼曰。"

引蘧伯玉颜阖者一：

《人间世》："颜阖将傅卫灵公太子而问于蘧伯玉曰。"

引孔子接舆者一：

《人间世》："孔子适楚，狂接舆游其门曰。"

引支离疏者一：

《人间世》："支离疏者。"（此显非人）

引王骀者一：

《德充符》："鲁有兀者王骀。"

引常季孔子者一：

《德充符》,载常季与孔子问答。

引伯昏无人及子产申徒嘉者一:

《德充符》:"申徒嘉,兀者也,而与郑子产同师于伯昏无人。"

引叔山无趾仲尼者一:

《德充符》:"鲁有兀者,叔山无趾踵见仲尼。"

引无趾老聃者一:

《德充符》:"无趾语老聃曰。"

引鲁哀公仲尼及哀骀它者一:

《德充符》:"鲁哀公问于仲尼曰,卫有恶人焉,曰哀骀它。"

引哀公闵子者一:

《德充符》:"哀公异日以告闵子曰。"

引闉跂支离无脤卫灵公者一：

《德充符》："闉跂支离无脤说卫灵公。"

引瓮㼜大瘿齐桓公者一：

《德充符》："瓮㼜大瘿说齐桓公。"

引南伯子葵女偊者一：

《大宗师》："南伯子葵问乎女偊曰。"（二人谈及副墨之子，诵洛之孙等等，不特列。）

引子祀子舆子犁子来者一：

《大宗师》："子祀、子舆、子犁、子来，相与语。"

引子桑户孟子反子琴张者一：

《大宗师》："子桑户、孟子反、子琴张，三人相与友。"

引孔子子贡者一：

《大宗师》:"子贡反以告孔子曰。"

引许由意而子者一:

《大宗师》:"意而子见许由。"

引子舆子桑者一:

《大宗师》:"子舆与子桑友。"

引天根无名人者一:

《应帝王》:"天根……遭无名人而问焉。"

引老聃阳子居者一:

《应帝王》:"阳子居见老聃曰。"

引壶子列子季咸者一:

《应帝王》:"郑有神巫曰季咸……列子见之而心醉,归以告壶子。"

引法言者二：

《人间世》："法言曰。""法言曰。"

述儒墨者一：

《齐物论》："故有儒墨之是非。"

可质实者如孔子，虽为战国以前人，而固无及身成立之私家著作（说见前）。惠子、列子、宋荣子，则已至战国矣。总之，庄子荒唐之言，不可据为史实，无论罔两无趾之无其人著；即孔子师徒之语，亦妄托耳。浅者见《齐谐》之言，伪为《齐谐记》，固不值识者一笑也。所引法言，郭象释为格言，则非书名。而堪注意者，于学术独言有儒墨之是非，则以于时儒墨之言已出，而他家之言举未立也。

附说 所列《庄子》引人，无言而只为人之征引者，一并附入，以庄子迷人述言，淆混难分，故索性全举也。

《荀子》引《诗》者八十二：

《劝学》篇："《诗》曰。""《诗》曰。""《诗》曰。"《修身》篇："《诗》曰。""《诗》云。""《诗》云。"《不苟》篇："《诗》曰。""《诗》曰。""《诗》曰。"《荣辱》篇："《诗》曰。"《非相》篇："《诗》

曰。"《诗》曰。"《非十二子》篇:"《诗》云。"《诗》云。"《仲尼》篇:"《诗》曰。"《儒效》篇:"《诗》曰。"《诗》曰。"《诗》曰。"《诗》曰。"《诗》曰。"《诗》曰。"《王制》篇:"《诗》曰。"《富国》篇:"《诗》曰。"《诗》曰。"《诗》曰。"《诗》曰。"《诗》曰。"《诗》曰。"《王霸》篇:"《诗》曰。"《诗》曰。"《君道》篇:"《诗》曰。"《诗》曰。"《诗》曰。"《诗》曰。"《臣道》篇:"《诗》曰。"《诗》曰。"《诗》曰。"《诗》曰。"《致士》篇:"《诗》曰。"《诗》曰。"《议兵》篇:"《诗》曰。"《诗》曰。"《诗》曰。"《诗》曰。"《强国》篇:"《诗》曰。"《诗》曰。"《天论》篇:"《诗》曰。"《诗》曰。"《正论》篇:"《诗》曰。"《诗》曰。"《礼论》篇:"《诗》曰。"《诗》曰。"《诗》曰。"《解蔽》篇:"《诗》曰。"《诗》曰。"《诗》云。"《诗》曰。"《正名》篇:"《诗》曰。"《诗》曰。"《诗》曰。"《君子》篇:"《诗》曰。"《诗》曰。"《诗》曰。"《大略》篇:"《诗》曰。"《诗》曰。"《诗》曰。"《诗》曰。"《诗》曰。"《诗》云。"《诗》云。"《诗》云。"《诗》云。"《诗》云。"《诗》曰。"《宥坐》篇:"《诗》曰。"《诗》曰。"《诗》曰。"《诗》曰。"《诗》曰。"《法行》篇:"《诗》曰。"《诗》曰。"《尧问》篇:"《诗》曰。"

论《诗》者十一:

《劝学》篇:"《诗》者,中声之所止也。"《诗》《书》之博也。"《诗》《书》故而不切。"《荣辱》篇:"《诗》《书》《礼》《乐》之分乎。""夫《诗》《书》《礼》《乐》之分。"《儒效》篇:"故《诗》《书》《礼》《乐》之归是矣,《诗》言是其志也。""故《风》之所以为不逐者,取是以节之也;《小雅》之所以为小雅者,取是而文之也;《大雅》之所以为大雅者,取是而光之也;《颂》之所以为至者,取是而通之也。"《大略》篇:"而《诗》非屡盟。""善为《诗》者不说。""《国风》之好色也。""《小雅》不以于污上。"

引《书》者十五:

《修身》篇:"《书》曰。"《王制》篇:"《书》曰。"《富国》篇:"《康诰》曰。""《书》曰。"《君道》篇:"《书》曰。""《书》曰。"《臣道》篇:"《书》曰。"《致士》篇:"《书》曰。"《议兵》篇:"《太誓》曰。"《天论》篇:"《书》曰。"《正论》篇:"《书》曰。""《书》曰。"《君子》篇:"《书》曰。"《大略》篇:"舜曰:维予从欲而治。"(杨注:《虞书》美皋陶之辞。)《宥坐》篇:"《书》曰。"

论《书》者五:

《劝学》篇:"故书者政事之纪也,《诗》《书》之博也。""《诗》《书》故而不切。"《荣辱》篇:"《诗》《书》《礼》《乐》之分乎!""夫《诗》《书》《礼》《乐》之分。"《儒效》篇:"故《诗》《书》

《礼》《乐》之归是矣,《书》言是其事也。"

引《易》者三:

《非相》篇:"《易》曰。"《大略》篇:"《易》之《咸》。""《易》曰"。

论《春秋》者五:

《劝学》篇:"《春秋》之微也。""《春秋》约而不速。"《儒效》篇:"《春秋》言是其微也。"《大略》篇:"《春秋》贤穆公,以为能变也。""故《春秋》善胥命。"

至《礼》《乐》为荀子所传,篇中论述极多,惟《礼经》《乐经》,亡佚殆尽,不知何为引书,何为立论,故宁阙焉。此外引传者二十:

《修身》篇:"传曰。"《不苟》篇:"传曰。"《非相》篇:"传曰。"《王制》篇:"传曰。""传曰。"《王霸》篇:"传曰。"《臣道》篇:"传曰。""传曰。"《致士》篇:"传曰。"《议兵》篇:"传曰。"《天论》篇:"传曰。"《正论》篇:"传曰。""传曰。"《解蔽》篇:"传曰。""传曰。""传曰。"《性恶》篇:"传曰。"《君子》篇:"传曰。"《大略》篇:"传曰。"《子道》篇:"传曰。"

引孔子者六:

《仲尼》篇:"孔子曰。"《儒效》篇:"孔子曰。"《王制》篇:"孔子曰。"《富国》篇:"孔子曰。""孔子曰。"《正论》篇:"孔子曰。"

引孟子者三:

《性恶》篇:"孟子曰。""孟子曰。""孟子曰。"

引公孙子者一:

《强国》篇:"公孙子曰。"

引曾子者一:

《解蔽》篇:"曾子曰。"

引语曰者六:

《君道》篇："语曰。"《正论》篇："语曰。"《大略》篇："民语曰。""语曰。"《哀公》篇："语曰。"《尧问》篇："语曰。"

至《大略》《宥坐》以下数篇，多记孔门问答之言，似依托，不具列。统观所引书，非六艺，即传记，无离事言理者。所引之人，惟公孙子，不经见，杨倞疑为孟尝君客公孙成，则无论有无著作，固战国人也。荀子其生稍晚，各家学说，发生已夥。故书中于其以前或并世之学术，论述视《论》《孟》《墨》《庄》为多，除《非十二子》《天论》《解蔽》及他篇论惠施邓析之言已见前。论墨子者见于《儒效》《富国》《王霸》《礼论》《乐论》《成相》六篇：

《儒效》篇："其言议谈说已无以异于墨子矣"云云。《富国》篇："墨子之言"云云。《王霸》篇："墨子之说也"云云。《礼论》篇："墨者将使人两丧之者也。"《乐论》几于全为墨子非乐而发，故篇中皆针对墨子立论。《成相》篇："慎、墨、季、惠，百家之说"云云。

又有论墨子而不明言墨子者：

《正论》篇："世俗之为说曰：太古薄葬"云云，此明对墨子而发。（《修身》篇言：术顺墨而精杂污，未必指墨子。）

论宋子者见于《正论》篇：

《正论》篇："子宋子曰：明见侮之不辱"云云。"子宋子曰：人之情欲寡"云云。

论孟子者见于《性恶》篇：

《性恶》篇几于全对孟子性恶而发。

论慎惠季三子者见于《成相》篇：

《成相》篇曰："慎、墨、季、惠之诚不详。"

述杨朱者见于《王霸》篇：

《王霸》篇："杨朱哭衢涂。"

曰墨，曰宋，曰孟，曰慎，曰惠，曰杨：皆战国人。曰季，杨倞注："或曰季即庄子，或曰季梁，杨朱之友。"则亦战国人也。

附说 各书征引，列其泛论事理者，但于一事发生伊始，同时人或亲见，或传闻，再加以评论，书籍记此，乃事的叙述，不得与引古同论，故不列。(如《左传》僖十四年沙鹿崩，晋卜偃曰：期年将有大咎，几亡国。如《公羊传》哀十四年颜渊死，子曰：噫！天丧予。)惟孔子整齐鲁史，据为《春秋》，对《春秋》之事，自有评论（未必尽笔于书，《史记·十二诸侯年表》言孔子次《春秋》，七十子之徒口授其传指，为有所刺讥褒讳挹损之文辞，不可以书见也），而定哀之后，又为及身所见，其言为论古（如为次《春秋》时所发，则为论古），抑为论时（如为事情发生时所言，则为论时），极难分析，故除显著易见者外，姑皆列焉。

《论》《孟》《庄》《荀》《左》《国》《公》《穀》《墨子》，率战国初年以至中年人作，为书九种，为卷数百，为字无虑百万，所引书皆《诗》《书》政典，皆史书，无私家著作。不惟天乙、泰壹、神农、黄帝、封胡、力牧之书不一见；即至今尚存且泥古者信以为真之《六韬》《阴符》《鹖子》《管子》之书，亦不一见，则战国前之无私家著作，尚可疑乎？而浅者每据《韩非·储说》《说林》，不韦《吕览》，战国末年之作，及汉儒纂辑之《礼记》，以及《说苑》《新序》《列女传》，韩婴之《韩诗外传》，《淮南》之篇，桓谭桓宽之论，王充之《论衡》，董仲舒之《春秋》，班固之《白虎通德论》，应劭之《风俗通义》，以至赝伪踳驳之《晏子》《吴越》两春秋，商君贾谊两书，以为不惟春秋之时，已学说灿烂；即皇王鸿荒未辟之先，亦已道术大备，著作斐然。不古之据而后之从，其迷误不喻，岂不悖哉？

四曰春秋时所用以教学者无私家著作也 《楚语》："庄王使士亹傅太子箴……申叔时曰：'教之《春秋》，而为之耸善而抑恶焉，以戒劝其心；教之《世》，而为之昭明德而废幽昏焉，以休惧其动（韦注：《世》，先王之《世系》）；教之《诗》，而为道广显德以耀其明志；教之《礼》，使知上下之则；教之《乐》，以疏其秽而镇其浮；教之《令》，使访物官（韦注：令，先王之官法时令也）；教之《语》，使明其德，而知先王之务用明德于民；教之故志，使知废兴者而戒惧焉；教之《训典》，使知族类行比义焉。'"令语志典，尚皆教之，设有《汉志》所载神农黄帝以至伊尹太公之书，其关系政教，即流传至今者而论，极为重要，何以独不教之？至《鬻子》称楚祖鬻熊所作，如属事实，楚国君臣，自当奉为圭臬，视为宝典，教太子何能不列入教科？不惟士亹所教无私家著作也，直至孔子有教无类，弟子三千，为世界鲜有之大学问家、大教育家，其所以教其弟子者，亦只《诗》《书》六艺（见《论语》引书条），无私家著作。孔子数称管仲，谓"如其仁，如其仁，微管仲、吾其被发左衽矣"。设于时有《管子》之书，何能不喋喋称述以教门徒也？

有此四证，战国前无私家著作，可深信而不疑。抑所以至战国而诸家蔚起，且每托名古人；战国以前独阒无一家者，其亦有因：

一曰孔子以前书皆在官非其人不得诵习也 古者政教不分，书在官府，欲得诵习，颇非易易。故韩宣子、晋世卿也，必俟至鲁观书于太史氏，始得见《易象》与鲁《春秋》(《左传》昭二年)。季札，吴公子也，亦必俟至鲁，始得闻名国之诗与乐(《左传》襄二十九年)。一般平民，更无论焉。大凡典册深藏官府，则有承传，无发展；谨世守，乏研究。欧洲中古时代一切书为教会所专有，卒至学术黯然，非其例欤？荀子曰："循法则度量刑辟图籍，不知其义，谨守其数，慎不敢损益也，父子相传，以持王公（王念孙《读书杂志》谓持奉也）……是官人百吏之所以取禄秩也。"(《荣辱》篇)则各家学说又乌能产生？逮孔子以《诗》《书》《礼》《乐》为教，自行束修，未尝无诲，有教无类，门徒三千，开私人讲学之风，予平民读书之机。冯芝生先生言士农工商之士始自孔子。（见《燕京学报》第二期先生所为《孔子在中国史中之地位》）考"士"字在孔子以前，泰半指士大夫，或军士。如《书·牧誓》："是以为大夫卿士。"《左传》定元年："若立君，则卿士大夫与守龟在。"皆谓士大夫。《齐语》："士乡十五。"韦昭注："此士，军士也。"《左传》定十一年："士兵之。"杜预《集解》："以兵击莱人。"则亦军士。间有泛指男子者，如《诗》："女曰鸡鸣，士曰昧旦。"亦有指理官者。如《书·尧典》："汝作士。"无解为士农工商之士者。《左传》昭二十六年："民不迁，农不移，工贾不变，士不滥，官不滔，大夫不收公利。"于士下连举官大夫，杜预注为"不失职"，则亦指士夫。哀二年："克敌者、上大夫受县，下大夫受郡，士田十万，庶人工商遂，人臣隶圉免。"士举于大夫之下，则亦非士农工商之士。文十四年："公子商人骤施于国而多聚士。"襄十一年："怀子好施，士多归之。"二十三年："晋将嫁女于吴，齐侯使析父媵之，以藩载栾盈及其士，纳诸曲沃。"昭十二年："南蒯之将叛也……乡人或歌之曰：'……已乎，已乎，非吾党之士乎！'"十三年："我先君文公（晋文公）……生十七年，有士五人。"所谓土皆泛指人士；至孔子而"士"字始不得尽以古义解。《论语》载孔子谓："士志于道，而耻恶衣恶食者，未足与议也。"（《里仁》第四）又曰："士而怀居，不足以为士矣。"（《宪问》第十四）又曰："志士仁人，无求生以害仁，有杀身以成仁。"（《卫灵公》第十五）则孔子所谓"士"，为道德学问上之一阶级，与前为地位上一阶级者绝异，此实创自孔子，以前无有，故门弟子每疑而问之。"子贡问：'何如斯可谓之士矣？'子曰：'行己有耻，使于四方，不辱君命，可谓士矣。'曰：'敢问其次？'曰：'宗族称孝焉，乡党称悌焉。'曰：'敢问其次？'曰：'言必信，行必果，硁硁然小人也；抑亦可以为次也。'曰：'今之从政者何如？'子曰：'噫！斗筲之人，何足算也！'"（《子路》第十三）虽子贡有谓"今之从政者"，孔子亦曰"使于四方"，但曰"宗族称孝，乡党称悌"，则非土大夫之士，而为道德学问之士；"使于四方"，以言其能，非言其职。盖学问道德之士，本以为士夫之候补者也。"子路问：'何如斯可谓之士矣？'子曰：'切切、偲偲、怡怡如也；朋友切切偲偲，兄弟怡怡如也。'"（同上）且《论语》于仕宦之仕作"仕"，不作"士"。《阳货》第十七："吾将仕矣。"《子张》第十九："仕而优则学，学而优则仕。"亦与前只作"士"者异。惟《穀梁传》成公元年曰："古者有四民：有士民，有商民，有农民，有工民。"《穀梁传》，其传甚古，而著于竹帛则甚晚。书中引及尸子（隐五年）。尸子与商鞅同时，知其成书时代必在商鞅之后，且单文孤证，于他无征，不得据以为古有讲学论道之士一阶级。则冯先生士农工商之士始自孔子之说，不误也。私家著作之事，几为士所专有，孔子以前既无士，无私家著作，又何足怪？至孔子后讲学之风既开，各家皆聚徒授书，《吕氏春秋》谓："孔墨徒属弥众，弟子弥丰，充满天下。"（《尊师》篇）"孔墨之后，显荣于天下者众矣，不可胜数。"（《当染》篇）墨子亦曰："臣之弟子禽滑釐等三百人。"（《公输》篇）孟子传食诸侯，后车数十乘，从者数百人。（《滕文公》篇）许行至滕，亦徒属数十。（《孟子·滕文公》篇）见于记载者已如此，则当时实以政教初分，忽得观书，人喜籀读，家好立说，河出伏流，一泻千里，与欧洲教会垄断学术之局一败，而文艺复兴，遂一发而不可遏，中西古今，同具伟观焉。

二曰战国前各国政治一赖传统之礼而无产生各家学说之必要也 凡一种道术学说产生，无非所以解决当时之患难，俾社会国家渐进于理想。故诸子之说，方术不同，皆思所以救世之弊。三代无论矣。春秋二百四十二年，世已乱矣，而君臣士夫，言及政治人生，无不以礼；前期固然，后期亦何独不然？今就《左传》最末之定哀两代言之：定十年："孔丘谓梁丘据曰：'……且牺象不出门，嘉乐不野合，飨而既具，是弃礼也。……弃礼名恶，子盍图之？'"又："晋人遂杀涉佗，成何奔燕，君子曰：'此之谓弃礼，必不钧。《诗》曰：人而无礼，胡不遄死？涉佗亦遄矣哉！'"又："宋公子地嬖蘧富猎，十一分其室，而以其五与之。公子地有白马四，公嬖向魋，魋欲之，公取而朱其尾鬣以与之。地怒，使其徒抶魋而夺之。魋惧，将走，公闭门而泣之，目尽肿。母弟辰曰：'子分室以与猎也，而独卑魋，亦有颇焉。子为君礼，不过出竟，君必止子。'"十五年："春，邾隐公来朝，子贡观焉。邾子执玉高，其容仰；公执玉卑，其容俯。子贡曰：'以礼观之，二君皆有死亡焉。夫礼，死生存亡之体也，将左右周旋进退俯仰，于是乎取之；朝祀丧戎，于是乎观之。今正月相朝，而皆不度，心已亡矣。'"哀七年："吴来征百牢，子服景伯对曰：'先王未之有也。'吴人曰：'宋百牢我，鲁不可以后宋；且鲁牢晋大夫过十，吴王百牢，不亦可乎？'景伯曰：'晋范鞅贪而弃礼，以大国惧敝邑，故敝邑十一牢之。君若以礼命于诸侯，则有数矣；若亦弃礼，则有淫者矣。周之王也，制礼上物不过十二，以为天之大数也。今弃周礼而必曰百牢，亦唯执事。'吴人弗听，景伯曰：

'吴将亡矣，弃天而背本；不与，必弃疾于我。'乃与之。太宰嚭召季康子，康子使子贡辞，太宰嚭曰：'国君道长而大夫不出门，此何礼也？'对曰：'岂以为礼，畏大国也。大国不以礼命于诸侯；苟不以礼，岂可量也？寡君既共命焉，其老岂敢弃其国？大伯端委以治周礼，仲雍嗣之，断发文身，裸以为饰，岂礼也哉？有由然也。'"八年："吴为邾故，将伐鲁，问于叔孙辄。叔孙辄曰：'鲁有名而无情，伐之必得志焉。'退而告公山不狃。公山不狃曰：'非礼也，君子违，不适仇国。'"十二年："卫侯会吴于郧……吴人藩卫侯之舍，子服景伯谓子贡曰：'夫诸侯之会，事既毕矣，侯伯致礼，地主归饩，以相辞也。今吴不行礼于卫，而藩其君舍以难之。'"十五年："楚子西子期伐吴，及桐汭，陈侯使公孙贞子吊焉，及良而卒，将以尸入，吴子使太宰嚭劳且辞。……芊尹盖对曰：'……臣闻之，事死如事生，礼也。于是乎有朝聘而终以尸将事之礼，又有朝聘而遭丧之礼。若不以尸将命，是遭丧而还也，无乃不可乎？以礼防民，犹或逾之。今大夫曰：死而弃之，是弃礼也，其何以为诸侯主？'"十六年："孔丘卒，公诔之。……子赣曰：'君其不没于鲁乎？夫子之言曰：礼失则昏，名失则愆。失志为昏，失所为愆。生不能用，死而诔之，非礼也。'"礼之信用，春秋时已不如三代，春秋后期又不如前期，而定哀四十余年中，言礼者尚如此之多。则春秋及春秋以前所以经纬万端者，无不以礼。① 故各种学说，无产生之必要与可能。及至战国，世乱日亟，人心益诈，学者见先王之礼仍不能维持和平，于是各就所见，求所以维系改善之方。惟儒家仍思以礼治天下，而其所谓礼，亦益以制裁力，不若先王之只恃欷动力。（参看拙撰《荀子论礼通释》）自余若老庄之非薄礼者无论矣。《国策》所载，诸子所论，言礼由礼之说，不经见也。（参阅顾炎武《日知录·周末风俗》）则百家思救世弊，应时而出，亦如希腊之智者（Sophist）；清末民初之新学，风起云涌，有由然也。

三曰所以伪托古人者以坚人之信也 返古思想，为人类通性之一，中国尤甚。况当战国乱离之时，颠沛失所，更易引起慕古返古之思，故各家著书立说，每每托古。即彰彰较著者言之：儒墨两家，俱祖尧舜，道家为黄帝之说，许行托神农之言，其非神农黄帝尧舜之真，而为诸家之托，不惟今人言之，战国诸家已言之。墨子曰："今逮至昔者，三代圣王既没，天下失义，后世之君子，或以厚葬久丧以为仁也，义也，孝子之事也；或以厚葬久丧以为非仁义，非孝子之事也。曰，二子者言则相非，行即相反，皆曰吾上祖述尧、舜、禹、汤、文、武之道也；而言即相非，行即相反于此乎？后世之君子，皆疑惑乎二子者

---

① 礼之信仰，自三代以至战国，其程度递降。春秋末战国初，尚有一部分势力，不过入战国未久，除儒家外，泯灭无闻矣。春秋止于哀十四年，而十四年后尚有言礼者，以其势力由渐而非骤，故十四年以后者，亦并引焉。若《国策》，则绝少言及者矣。

言也。"(《节葬下》)韩非子曰:"孔子墨子俱道尧舜,而取舍不同,皆自谓真尧舜,尧舜不复生,将谁使定儒墨之诚乎?"(《显学》篇)孟子于舜南面而立,尧率诸侯北面朝之说曰:"此非君子之言,齐东野人之语也。"于孔子主痈疽瘠环,百里奚以饭牛干秦穆公之说,皆曰:"好事者为之也。"(并《万章》篇)《荀子·正论》篇于当时言古之说,力斥其非,而《儒效》篇又诋言议谈说之士曰:"呼先王以欺愚者。"言"道过三代谓之荡"。则谓诸子托古,不为诬蔑。公孟子托法于周,墨子谓:"子法周而未法夏也,子之古非古也。"(《墨子·公孟》篇)然则墨子之所以述尧舜道夏禹者可知矣,以其古尤古也。故愈至后世,所言益古,驯至而法黄帝,驯至而法神农,驯至而法天乙泰一,无非所以使其古尤古,以压倒他家,谓其古非也。荀子曰:"五帝之外无传人……五帝之中无传政……禹汤有传政,而不若周之察也。"(《非相》篇)则凡五帝以前之书,皆荀子所未见,其为后人之伪,尚何疑哉?① 《汉志》神农黄帝以来

---

① 《荀子》:"五帝之外无传人,五帝之中无传政"之言,其义甚明,毋庸笺解。顾实先生《汉书艺文志讲疏·自序》,以汉代晚出《周官》外史掌三皇五帝之书之说,谓周人内三代,外三皇五帝,以其掌之外史,而不掌之内史。谓:"燧人伏羲神农为三皇,黄帝颛顼帝喾尧舜为五帝,以庄荀言世传而益明也(庄子言指《天下》篇:其明而在数度者,旧法世传之史尚多有之。庄子之言亦未及三皇五帝),三王有世传之政,五帝有世传之人,三皇仅有世传之书而已。"其迂曲附会可谓已极。(余别有《顾实汉书艺文志讲疏评议》详论之。)

伪书之多，半由托古著说，而作者名佚，后人以其多述某人，即谓某人撰著；半由托古为说，尚不如托名古人著作之尤为古而真切，可以益坚世人之信，在托古学上诚为进步之法也。

附录二 古代经济学中之本农末商学说

吾国虽自古号称以农业立国，而于工商则三代未尝卑弃。抑弃工商，提倡耕农，盖在荀卿之时。制为本农末工商之口号，则当在战国之末，而盛行于西汉之初。战国之末，最斥綦组刻画末技游食之民，偏于工；西汉之初，最斥富商大贾，则渐偏于商矣。（此比较轻重言，非谓战国之末不非商，汉初不非工也。）

《虞书》曰："懋迁有无化居。"《周书》曰："农不出则乏其食，工不出则乏其事，商不出则三宝绝，虞不出则财匮少。……此四者，民所衣食之源也。"（《史记·货殖列传》引）由此知唐虞以至三代，无抑商之事。

至春秋，卫文中兴，史记其政曰："务材，训农，通商，惠工，敬教，劝学，授方，任能。"（《左传》闵二年）晋文修霸，始入国而"轻关，易道，通商，宽农，懋穑，劝分，省用，足财，利器，明德，以厚民性（性读为生）"。且使"工商食官"以倡之。（《晋语》四）周内史过之言曰："庶人工商，各守其业。"（《国语·周语上》）随会之论楚曰："商农工贾，不败其业。"（《左传》宣十二年）则春秋时对于工商亦甚重视。《论语》载子贡货殖，孔子责以"赐不受命"。但孔子之意，不在排抵商业，而在提倡道术，恶其不专力道术而货殖分勤也。故樊迟请学稼，孔子亦斥之曰："小人哉樊须也。"不能谓其弃农也。

战国中世以前，孟子言王政，亦曰："商旅皆欲出于王之涂。"无贱商之论。不惟孟子，《墨子》《国策》，举无贱商之论也。《庄子·德充符》曰："不货，恶用商？"言不用货物，何须通商？非以商业为贱也。惟商鞅相秦孝公，僻在西陲，首为富国强兵之策①，重农战，抑商贾。但《史记·商君列传》言："僇力本业耕织致粟帛多者，复其身；事末利及怠而贫者，举以为收孥。"其政则确为商君之政，"本""末"二字则史公追叙之言，非商鞅已谓农为本，谓商为末也。史公所引古书，多易以今字，此篇即为引《秦记》，或其他记载商鞅行政之文，曰本曰末，亦当为史公所改。《货殖列传》引计然曰："粜二十病农，九十病末。"计然之时，绝无卑商之说，当然不能名商曰末，"病末"之末，为史公以今文改易无疑。以彼例此，《商君传》"本""末"二字，亦应出之史公也。

---

① 《史记·孟子荀卿列传》："秦用商君，富国强兵。"

至荀子始曰:"轻田野之税,平关市之征,省商贾之数,罕兴力役,无夺农时,如是则国富矣。"又曰:"士大夫众则国贫,工商众则国贫。"(并《富国》篇)又曰:"省工贾,众农夫,禁盗贼,除奸邪,是所以生养之也。"(《君道》篇)则有重农抑工商之说矣。盖此与社会状况、国家政策,有密切之关系。战国自中世以下,侯国并峙,战祸相寻,杀人盈城,死人盈野,因之社会秩序,极感不安。农之为业,利于平定,不利于变乱,因之农失作业,而衣食乏绝。商之为事,则社会愈有变动,愈可居奇操纵,以得厚利。此战国中世以下,重农抑工商之源于社会状况者也。战国久战之后,各国有人寡之患,争思所以徕民。① 农有地著,安土重迁;商恃行贾,迁徙靡定。此战国中世以下,重农抑工商之源于国家政策者也。但荀子虽有重农抑商之趋势,尚无本农末商之口号。《君道》篇曰:"知务本禁末之为多材也。"《天论》篇曰:"强本而节用,则天不能贫。"《成相》篇曰:"务本节用财无极。"《君道》《成相》之言,杨倞无注。《天论》篇杨倞注曰:"本谓农桑。"按《说文·朩部》:"朩,木下曰本,从木从丅。朩,木上曰末,从木从丄。"此其本义也。引申之,凡事理之初源皆曰本,其究竟皆曰末;而凡标榜之则

---

① 《商君书·垦令》篇,言商君以许多方法:"徕三晋之民。"虽《商君书》未必可信,然《孟子·梁惠王》篇亦谓梁惠王忧:"寡人之民不加多。"《墨子·节用上》亦谓"丈夫年二十,毋敢不处家;女子年十五,毋敢不事人"之法,以为如此,则"人有可备也"。足征战国实有人少之患。

尊之为本，抑制之则斥之为末；随人而异，因用为殊，亦綦繁矣。《论语》："孝悌也者，其为人之本与？"《礼记·大学》则曰："德者本也，财者末也。"即以荀子之言，所指亦不可以一端概也。《臣道》篇曰："道之与法也者，国家之本作也。"《议兵》篇则曰："礼者，治辨之极也，强国之本也。"此明有所指而绝不同者也。至未明所指者，《议兵》篇曰："今汝不求之于本，而索之于末。"《哀公》篇曰："行中规绳，而不伤于本。"若此者甚多。《君道》《天论》《成相》所谓本末，未明所指，确定为何，极为困难。杨氏言"本谓农桑"，以后世之说，强加附会，非笃论也。《天论》篇以"强本而节用，则天不能贫"；与"养备而动时，则天不能病；修道而不二，则天不能祸"并举。且从反面为言曰："本荒而用侈，则天不能使之富；养略而动罕，则天不能使之全；倍道而妄行，则天不能使之吉。"曰"养备"，曰"修道"，曰"节用"，曰"动时"，曰"不二"，皆就全体泛论，非专指一事。则所谓"本"，不容独指一实物之农桑，而必为指一切富厚之本源。《成相》篇"务本节用财元极"之上，有"臣下贱，莫游食"二句，则"本"字指守职而不游食。《君道》篇"务本禁末"，难定所指，然亦无法谓其确指农商也。

下逮韩非著书，始有以农为本、以工商为末之明简口号。《诡使》篇曰："仓廪之所以实者，耕农之本务也，而綦组锦绣刻画为末作者富。"《五蠹》篇曰："夫明王治国之政，使其商工游食之民少，而名卑以寡，趣本务而趋末作。"（王先慎《集解》："《拾补》趋作外。卢文弨云：'趋旧作人改。'先慎按，张榜本作减，较旧义为近。"）所以谓工商游食之民为末者，冀"名卑以寡"也；则所以谓耕农为本者，冀"名尊以多"也。自韩非始讲明本农末工商之作用，则前者之无此说明矣。《八说》篇曰："不能具美食而劝饿人饭，不能为活饿者也；不能辟草生粟而劝贷施赏赐，不能为富民者也。今学者之言也，不务本作而好末事，知道虚圣以说民，此劝饭之说。"韩非既明谓耕农为本务，綦组锦绣刻画商工游食之民为末作，则此所谓"本作"，必指耕农，"末事"必指工商。而曰："今之学者之言也，不知务本作而好末事。"则直至韩非之时，尚有著论以提倡工商者；而重农抑工商之说，不甚炽也。至《吕氏春秋·孝行览》曰："凡为天下治国家，必务本而后末。所谓本者，非耕耘种植之谓务其人也（人疑为本之残文）。……务本莫贵于孝。"谓"所谓本者，非耕耘种植之谓务其本也"，足证于时已有以"耕耘种植"为本者，而此所谓本，则不指此也。然吕氏又有《上农》之篇，专论重农抑末之理。其言曰："古先圣王之所以导其民者，先务于农。民农非徒为地利也，贵其志也。民农则朴，朴则易用。易用则边境安，主位尊。民农则重，重则少私义，少私义则公法立，力专一。民农则其产复，其产复则重徙，重徙则死其处，而无二虑。……民舍本而事末，则其产约，其产约则轻迁徙，轻迁徙则国家有患，皆有远志，无有居心。民舍本而事末则好智，好智则多诈，多诈则巧法令，以是为非，以非为是。后稷曰：'所以务耕织者，以为本教也。'"（后稷无书，盖后世为耕农之说者所依托也。）其言本末，似指农与工商，而战国末所以重农抑工商者，亦可以知矣。

韩吕已至战国之末，始倡本农末工商之说，然尚未能披靡一世（韩子谓今之学者为言，不知务本作而好末事，是其证）；其披靡一世，在西汉初年。西汉初年，此说之披靡一世，约分两期，而原因亦遂不一。自高祖以至文景，承战国楚汉久战之后，农民流亡，商贾过盛，故上自君相，下至撰言立论之士，举谋所以提倡农业，压抑商贾。《史记·平准书》："汉兴，接秦之弊，丈夫从军旅，老弱转粮饷，作业剧而财匮，自天子不能具钧驷，而将相或乘牛车，齐民无藏盖。……而不轨逐利之民，蓄积余业，以稽市物，物踊腾粜，米至石万钱，马一匹则百金。天下已平，高祖乃令贾人不得衣丝乘车，重租税，以困辱之。孝惠高后时，为天下初定，复弛商贾之律，然市井之子孙，亦不得仕宦为吏。"《文帝纪》："二年、上曰：'农、天下之本。'""十三年、上曰：'农、天下之本，务莫大焉。今勤身从事，而有租税之赋，是为本末者无以异，其于劝农之道未备，其除田之租税。'"《汉书·食货志上》："文帝即位，躬修俭节，思安百姓。时民近战国，皆背本趋末。贾谊说上曰：'……今背本而趋末，食者甚众，是天下之大残也；淫侈之俗，日日以长，是天下之大贼也。残贼公行，莫之或止；大命将泛，莫之振救；生之者甚少，而靡之者甚多，天下财产，何得不蹶？……今殴民而归之农，皆著于本，使天下各食其力，末技游食之民，转而缘南亩，则蓄积足而人乐其所矣。可以为富安天下。'……晁错复说上曰：'……今海内为一，土地人民之众，不避汤禹；加以亡天灾数年之水旱，而蓄积未及者，何也？地有遗利，民有余力，生谷之土未尽垦，山泽之利未尽出也，游食之民未尽归农也。……今农夫五口之家，其服役者不下二人，其能耕者不过百亩，百亩之收不过百石，春耕，夏耘，秋获，冬藏，伐薪樵，治官府，给繇役。……勤苦如此，尚复被水旱之灾，急政暴虐，赋敛不时，朝令而暮改，当具有者半贾而卖，亡者取倍称之息。于是有卖田宅，鬻子孙，以偿责者矣。而商贾大者积贮信息，小者坐列贩卖，操其奇赢，日游都市，乘上之急，所卖必倍。故其男不耕耘，女不蚕织，衣必文采，食必粱肉，亡农夫之苦，有仟佰之得。因其富厚，交通王侯，力过吏势，以利相倾，千里游敖，冠盖相望，乘坚策肥，履丝曳缟。此商人所以兼并农人，农人所以流亡者也。'"统观诸书所言，知汉初高惠文景之世，所以朝野上下，异口同声，以倡农压抑商贾者，以久战之余，民弃本趋末，商贾兼并农人，而社会国家已呈不安之象也。

至武帝好大喜功，四出征讨，财匮不足，用桑弘羊孔仅之徒，兴盐铁平准之策，与民争利，朝廷之上，恶商贾累货积财，不佐国家之急；文学之士，卑县官以天下贸易，骚扰民间，于是殊途同归,皆为抑卑商贾之论。《平准书》言武帝之时:"县官大空,而富商大贾,或蹛财役贫,转毂百数,废居居邑,封君皆低首仰给,冶铸煮盐,财或累万金而不佐国家之急,黎民重困。于是天子与公卿议,更钱造币以赡用,而摧浮淫并兼之徒。"又曰:"商贾以币之变多,积货逐利,于是公卿言:'……商贾滋众,贫者蓄积无有,皆仰县官。异时算轺车,贾人缗钱皆有差,请算如故。诸贾人末作贳贷,买居邑,稽诸物及商以取利者,虽无市籍,各以其物自占,率缗钱二千而一算;诸作有租及铸,率缗钱四千一算,非吏比者,三老北边骑士,轺车以一算;商贾人轺车二算;船五丈以上一算。匿不自占,占不悉,戍边一岁,没入缗钱,有能告者,以其半畀之。贾人有市籍者,及其家属,皆无得籍名田以便农。敢犯令,没入田僮。'"又曰:"置平准于京师,都受天下委输,召工官治车诸器,皆仰给大农。大农之诸官,尽笼天下之货物,贵即卖之,贱则买之。如此富商大贾,无所牟大利则反本,而万物不得腾踊。"此朝廷之上,所以压抑商贾之故压抑商贾之策也。

《盐铁论·本议》篇文学曰:"窃闻治人之道,防淫佚之原,广道德之端,抑末利而开仁义,毋示以利,然后教化可兴,而风俗可移也。今郡国有盐铁酒榷均输,与民争利,散敦厚之朴,成贪鄙之化,是以百姓就本者寡,趋末者众。夫文繁则质衰,末盛则本亏;末修则民淫,本修则民悫;民悫则财用足,民侈则饥寒生。愿罢盐铁酒榷均输,所以进本退末广利,农业便也。"又曰:"夫导民以德,则民归厚;示民以利,则民俗薄。俗薄则背义而趋利,趋利则百姓交于道,而接于市。老子曰'贫国若有余',非多财也,嗜欲众而民躁也。是以王者崇本退末,以礼义防民欲,实菽粟货财,市商不通无用之物,工不作无用之器,故商所以通郁滞,工所以备器械,非治国之本务也。"又曰:"国有沃野之饶,而民不足于食者,工商盛而本业荒也;有山海之货,而民不足于财者,不务民用而淫巧众也。……舜藏黄金,高帝禁商贾不得仕宦,所以遏贪鄙之俗,而醇至诚之风也。排困市井,防塞利门,而民犹为非也,况上之为利乎?"《力耕》篇文学曰:"草莱不辟,田畴不治,虽擅山海之财,通百味之利,犹不能赡也。是以古者尚力务本而种树繁,躬耕趣时而衣食足,虽累凶年,而人不病也。故衣食者,民之本;稼穑者,民之务也。"若此者甚多,不必枚举。此在野持论之士,所以卑抑商贾之故也。

高惠文景时,以商贾之兼并农人,而致国家社会有不安之象;武昭时,更益以上恶商贾之不佐国家之急,士庶卑朝廷之以天下为商而示民以利,由是重农卑商之思,深入于一世人人之心,而尊农为本,抑商为末之标语口号,腾播炫耀,如云兴潮涌,而不可遏止;而本末二字,遂若农商之专用代名词者。即当时少数在朝主张盐铁酒榷之聚敛之臣,其对商贾固不十分反对(此辈半由贾竖出身,且躬当盐铁酒榷之吏,自然不便訾商贾),然亦称农曰本,名商为末。《盐铁论》一书,专记昭帝时御史大夫与贤良文学辩论盐铁酒榷均输事,御史大夫当时主张盐铁酒榷者也。《本议》篇记大夫之言曰:"古之立国家者,开本末之途,通有无之用,市朝以一其求,致士民,聚万货,农商工师,各得所欲,交易而退。《易》曰:'通其变,使民不倦。'故工不出则农用乖,商不出则宝货绝,农用乏则谷不殖,宝货绝则财用匮。故盐铁均输,所以通委财,而调缓急,罢之不便也。"《力耕》篇曰:"故善为国者,天下之下我高,天下之轻我重,以末易其本,以虚荡其实。今山泽之财,均输之藏,所以御轻重而役诸侯也。"又曰:"富国何必用本农?足民何必井田也?"《通有》篇曰:"农商交易,以利本末。"《复古》篇曰:"今意总一盐铁,非独为利入也,将以建本抑末。"《刺权》篇曰:"失之于本,而末不可救。"《相刺》篇曰:'非商工不得食于利末。"《水旱》篇曰:"本末异径,一家数事,而治生之道乃备。今县官铸农器,使民务本,不营于末,则无饥寒之累。"《轻重》篇记御史之言曰:"昔太公封于营丘,辟草莱而居焉,地薄人少,于是通利末之道。"又曰:"总一盐铁,通山川之利,而万物殖,是以县官用饶足,民不困乏,本末并利,上下俱足,此筹计之所致,非独耕桑农业也。"他尚众,不备引。身为国家之贾官,出为庇商之言论,而亦字商为末,名农为本,其他更不必言矣。故汉初之书,率以本末代农商,例不胜举,姑仍就《史记》《盐铁论》两书述之。《史记·秦始皇本纪》:"上农除末。"《平准书》:"先本绌末。"《货殖列传》:"其民益巧诈而事末也。"又:"本富为上,末富次之,奸富最下。"又:"夫用贫求富,农不如工,工不如商,刺绣文,不如倚市门,此言末业,贫者之资也。"又:"以末致财,用本守之。"《太史公自序》:"维币之行,以通农商,其极则玩巧,并兼兹殖,争于机利,去本趋末。"(见前者不再列)《盐铁论·力耕》篇曰:"理民之道,在于节用尚本分土井田而已。"《通有》篇曰:"民淫好末,侈靡而不务本。"又曰:"宋卫韩梁好本稼穑。"又曰:"溢利禁则反本。"又曰:"男子去本尚末。"《轻重》篇曰:"今天下合为一家,利末恶欲行?"又曰:"利末之事析秋毫。"又曰:"非力本农,无以富邦也。"《地广》篇曰:"先救近务,及时本业也。"又:"当今之务,在于禁苛暴,止擅赋,力本农。"《利议》篇曰:"执事暗于明礼,而喻于利末。"《国病》篇曰:"民朴而归本。"又曰:"用约而财饶,本修而民富。"《水旱》篇曰:"趣本业,养桑麻,尽地力也。"又曰:"王者务本,不作末,去炫耀,除雕琢,湛民以礼,示民以朴,是以百姓务本,而不营于末。"(见前者不再列)然则西汉初年本农末商之空气,可以想矣。

自后时过境迁,无汉初商贾之盛、商贾之祸,而此说已形成中国人传统之思想,牢固而不可拔。故直至清末睹欧西之以工商富国强兵,而思所以变法兴实业之前,士夫学子,贱弃商贾,卑夷不一道;偶或道之,必被恶名于天下后世。而本农末商之词,遂至于今用之,其影响于国民经济,国民思想,讵可称量?固不颛颛焉有关于古代之经济史也。

附录三 古代政治学中之皇、帝、王、霸

旧说皇最古，帝次之，霸最后。夷考其实，则大谬不然。以皇为君，产于战国中世；三皇二皇之说，始自战国末至秦统一之时，以政治言皇，更在西汉之初。帝之名容或甚早，而铸成政治学之名词，则在战国之末。王始于周，霸始于春秋，而王政霸政之说，则在战国中世。故考四者之政治异同，须自王霸起。

王虽甚古，而必待霸之产生，始因对待而生出不同之政论。霸之始义，《说文》谓："月始生魄然也，承大月二日，小月三日，从月，䨣声。"殷周时霸字皆作此解，无王霸之义也。

《史敖彝》："既生霸。"《口敦》："既生霸。"《史懋壶》："既死霸。"《封敦》："既生霸。"《尢簋》："既生霸。"《守敦》："既死霸。"《受尊》："既生霸。"《伯裕父鼎》："既生霸。"《师遽敦》："既

生霸。"《大鼎》:"既霸。"《师奎父鼎》:"既生霸。"《杨敦》:"既生霸。"《大敦盖》:"既生霸。"《兮田盘》:"既死霸。"《颂壶》:"既死霸。"《颂鼎》:"既死霸。"《卯敦盖》:"既生霸。"《颂敦》:"既死霸。"《智鼎》:"既生霸。"《竞卣》:"既生霸。"《弭叔簋》:"既生霸。"《周书》:"哉生霸。"(《说文》霸下引)《武成》:"旁死霸。"(《汉书·律历志》引,与《周书》今皆作魄。)他证尚多,不必悉举。要之皆生霸死霸之霸,无王霸之霸也。

王霸之霸,时亦作伯。但伯义《说文》训长,在周为制度名词,为侯伯之伯,无后世王霸之义也。后世王霸之霸,盖因伯长之义,遂谓势能为诸侯之长者为伯;而又恐与侯伯字溷,故时借霸字为之。(《正韵》已主此说)

《诗》《书》《易》《礼》(《仪礼》)无王霸,人举知之信之,今无论矣。《春秋》并霸字而无之,即训霸之伯,亦无有也。

隐元年:"伯姬归于纪。"七年:"冬,天王使凡伯来聘;戎伐凡伯于楚丘以归。"八年:"郑伯使宛来归祊。"桓三年:"天王使宰渠伯纠来聘。"庄二十五年:"伯姬归于杞。"二十七年:"公会伯姬于洮。"凡此伯字,皆不与霸字同训,他更无伯字。

至《论语·宪问》第十四始曰:"管仲相桓公,霸诸侯,一匡天下。"其为霸之昉乎?自后《左传》遂屡见霸字,而伯亦有训霸者矣。

庄十五年："齐始霸也。"（桓公）闵元年："间携贰，覆昏乱，霸王之器也。"僖十五年："秦可以霸。"十九年："将以求霸。"二十二年："是以知其不遂霸也。"二十七年："取威定霸。"又："一战而霸。"又三年："遂霸西戎。"宣十二年："晋所以霸。"又："由我失霸。"成二年："四王之王也，树德而济同欲焉；五伯之霸也，勤而抚之，以役王命。"八年："士之二三，犹丧妃耦，而况霸主？霸主将德是以。"十八年："所以复霸也。"又："成霸安疆。"昭三年："昔文襄之霸也。"四年："霸之济否，在此会也。"十年："桓公是以霸。"哀七年："疆言霸说于曹伯。"十二年："或者难以霸乎。"

又僖十九年："诸侯无伯。"成十六年："君唯不遗德刑以伯诸侯。"襄二十七年："宜晋之伯也。"昭元年："王伯之令也。"九年："文之伯也，岂能改物？"十六年："诸侯之无伯，害哉。"又："无伯也夫。"十九年："晋之伯也。"哀元年："以是求伯，必不行矣。"诸伯字均与霸义无殊。

《墨子·亲士》亦言："桓公去国而霸诸侯。"《所染》言："故霸诸侯。"《辞过》言："故霸王之业，可行于天下。"但诸书所谓霸，乃就形势言，非就政治言，言势为诸侯之长而成霸者，非言行如何之政而为霸政。故霸为制度名词，非政治名词也。

唯《左传》成二年："四王之王也，树德而济同欲焉；五伯之霸也，勤而抚之，以役王命。"似谓王者以德，霸者以勤。然成十六年又曰："君唯不遗德刑，以伯诸侯。"则邃古以至战国初年，无以政治分别王霸者。

及战国中叶，经五霸之后，当七雄之秋，争城争地，日无暇晷，功利思想，侵略主义，深入一世之人心。（如梁惠王一见孟子而问何以利吾国，齐宣王一见孟子而问齐桓晋文之事。）儒家孟子思以仁易天下之利，标出王霸二字，以为代替仁利而资以宣传之口号。故一再诠释二者之别，谓："以力假仁者霸，霸必有大国；以德行仁者王，王不待大。"（《公孙丑》篇）"霸者之民，欢虞如也；王者之民，皞皞如也。"（《尽心》篇）力言："仲尼之徒，无道桓文之事者。"（《梁惠王》篇）谓管仲："功烈如彼其卑。"（《公孙丑》篇）而极力提倡王政。

《孟子》全书，几全为昌明王政之言，例不胜举，略举一二。《梁惠王》篇："齐宣王问曰：'人皆谓我毁明堂，毁诸已乎？'孟子对曰：'夫明堂者，王者之堂也，王欲行王政，则勿毁之矣。'"《滕文公》篇："万章问曰：'宋，小国也，今将行王政，齐楚恶而伐之，则如之何？'孟子曰：'……不行王政云尔。苟行王政，四海之内，皆举首而望之，欲以为君，齐楚虽大，何畏焉？'"

王霸之分，就形势言，王者兼有天下，霸者仅为诸侯之长；就政治言，则王植基于仁，霸植基于力。孟子以前，春秋之世，犹尊王室，不轻言王。晋侯请隧，楚子问鼎，且见讥于世。（俱见《左传》）而霸亦遂不为世人所厚非。孔子虽谓："管仲之器小哉。"然又言："桓公九合诸侯，不以兵车，管仲之力也，如其仁！如其仁！""微管仲，吾其被发左衽矣！"其推之至矣。故《春秋》叹"下无方伯"，而于霸者内之，大之，且为之讳也。

《公羊传》："上无天子，下无方伯"之言，一见庄四年，两见僖元年，两见僖二年，两见僖十四年，一见宣十一年。

《公羊传》哀十三年："公会晋侯及吴子于黄池。吴何以称子？吴主会也。吴主会，则曷为先言晋侯？不与夷狄之主中国也。其言及吴子何？会两伯之辞也。不与夷狄之主中国，则曷为以会两伯之辞言之？重吴也。"《穀梁传》庄二十七年："公会齐侯宋公陈侯郑伯同盟于幽。同者，有同也，同尊周也，于是而后授之诸侯也。其授之诸侯何也？齐侯得众也。桓会不致，安之也。桓盟不日，信之也。信其信，仁其仁，衣裳之会十有一，未尝有歃血之盟也，信厚也；兵车之会四，未尝有大战也，爱民也。"三十年："齐人伐山戎。齐人者，齐侯也。其曰人何也？爱齐侯乎山戎也。"三十一年："齐侯来献捷者，内齐侯也。"三十二年："宋公齐侯遇于梁丘……大齐桓也。"闵元年："齐人救邢，善救邢也。"僖元年："齐师宋师曹师城邢……美齐侯之功也。"四年："侵蔡而蔡溃，以桓公为知所侵也，不土其地，不分其民，明正也。"又："来者何？内桓师也。"

《公羊传》僖元年狄灭邢："曷为不言狄灭之？为桓公讳也。"二年狄灭卫："曷为不言狄灭之？为桓公讳也。"十年："晋之不言出入者，踊为文公讳也。"十四年徐莒胁杞："曷为不言徐莒胁之？为桓公讳也。"十七年齐灭项："曷为不言齐灭之？为桓公讳也。"二十一年："恶乎捷？捷乎宋。曷为不言捷乎宋？为襄公讳也。"《穀梁传》僖元年："夫人氏之丧至自齐。……或曰：'为齐桓讳杀同姓也。'"十六年："灭项。孰灭之？桓公也。何以不言桓公也？为贤者讳也。"

其他《左传》《墨子》言及霸者，亦无贬词也。

例详前。

孟子之后，荀子著《王霸》之篇，专释王霸之义。谓："用国者义立而王，信立而霸。"复自加申明曰："挈国以呼礼义而无以害之，行一不义，杀一无罪，而得天下，仁者不为也，拱然扶持心国，且若是其固也。之所与为之者之人，则举义士也；之所以为布陈于国家刑法者，则举义法也。主之所极然，帅群臣而首乡之者，则举义志也。如是，则下仰上以义矣，是綦定也。綦定而国定，国定而天下定。……今亦以天下之显诸侯，诚义乎志意，加义乎法则度量，箸之以政事，案申重之以贵贱杀生，使袭然终始犹一也。如是，则夫名声之部发于天地之间也，岂不如日月雷霆然矣哉？故曰，以国齐义，一日而白，汤武是也。汤以亳，武王以鄗，皆百里之地也。天下为一，诸侯为臣，通达之属，莫不从服，无它故焉，以济义矣。是所谓义立而王也。德虽未至也，义虽未济也，然而天下之理略奏矣，刑赏已诺信乎天下矣，臣下晓然皆知其可要也。政令已陈，虽睹利败，不欺其民；约结已定，虽睹利败，不欺其与。如是，则兵劲城固，敌国畏之，国一期綦明，与国信之，虽在僻陋之国，威动天下，五伯是也。非本政教也，非致隆高也。非綦文理也。非服人之心也。乡方略，审劳佚，谨畜积，修战备，齰然上下相信，而天下莫之敢当。故齐桓、晋文、楚庄、吴阖闾、越勾践，是皆僻陋之国也，威动天下，强殆中国，无它故焉，略信也。是所谓信立而霸也。"

篇中又曰："与积礼义之君子为之则王，与端诚信全之士为之则霸，与权谋倾覆之人为之则亡。"又曰："国者巨用之则大，小用之则小，綦大而王，綦小而亡，小巨分流者存。巨用之者先义而后利，安不恤亲疏，不恤贵贱，唯诚能之求。夫是之谓巨用之。小用之者，先利而后义，安不恤是非，不治曲直，唯便僻亲比己者之用。夫是之谓小用之。巨用之者若彼，小用之者若此，小巨分流者，一若彼一若此也。故曰，粹而王，驳而霸，无一焉而亡，此之谓也。"虽移于用人，仍王义霸信之义也。

他篇亦迭言王霸。《仲尼》篇曰:"仲尼之门人,五尺之竖子,言羞称乎五伯,是何也?曰,然,彼非本政教也(王引之谓本应作平),非致隆高也,非綦文理也,非服人之心也;乡方略,审劳佚,畜积修斗,而能颠倒其敌者也,诈心以胜矣。彼以让饰争,依乎仁而蹈利者也,小人之杰也,彼固曷足称乎大君子之门哉?彼王者则不然:致贤而能以救不肖,致强而能以宽弱,战必能殆之,而羞与之斗,委然成文以示之天下,而暴国安自化矣。有灾缪者,然后诛之。故圣王之诛也綦省矣。"《王制》篇曰:"辟田野,实仓廪,便备用,案谨募选阅材技之士。然后渐庆赏以先之,严刑赏以纠之,存亡继绝,卫弱禁暴,而无兼并之心,则诸侯亲之矣。修友敌之道以敬接诸侯,则诸侯说之矣。所以亲之者,以不并也;并之见,则诸侯疏之矣。所以说之者,以友敌也;臣之见,则诸侯离矣。故明其不并之行,信其友敌之道,天下无王霸主,则常胜矣。是知霸道者也。……彼王者不然:仁眇天下,义眇天下,威眇天下。仁眇天下,故天下莫不亲也;义眇天下,故天下莫不贵也;威眇天下,故天下莫敢敌也。以不敌之威,辅服人之道,故不战而胜,不攻而得,甲兵不劳而天下服。是知王道者也。"《强国》《天论》《大略》三篇并曰:"人君者论礼尊贤而王,重法爱民而霸。"《强国》篇《赋》篇并曰:"粹而王,驳而霸。"(《赋》篇作伯)他尚多,然大义无殊焉。

《王制》篇几于全言王霸,《议兵》篇亦以兵分王霸,他篇亦屡言之，兹不备列。

荀子虽谓："信立而霸。"然又谓五霸："以让饰争，依乎仁而蹈利者也。"则与孟子以霸为功利思想、侵略主义，无大差异。惟孟子是王非霸，而荀子则大王小霸。屡言："上可以王，下可以霸。"（一见《王霸》篇，两见《君道》篇。）又于《儒效》篇曰："用大儒，则百里之地久，而后三年天下为一，诸侯为臣，用万乘之国，则举错而定，一朝而伯。"于《议兵》篇曰："齐桓晋文楚庄吴阖闾越勾践，是皆和齐之兵也，可谓入其域矣，然而未有本统也，故可以霸，而不可以王。"自后言王霸者，多祖荀卿之说者也。

韩非出荀卿之门，为法家之雄，于霸更不卑视。其书虽有时分言王或霸，谓："明主之国，无书简之文，以法为教；无先王之语，以吏为师；无私剑之捍，以斩首为勇。是境内之民，其言谈者必轨于法，动作者归之于功，为勇者尽之于军。是故无事则国富，有事则兵强。此之谓王资。既畜王资，而承敌国之釁，超五帝，侔三王者，必此法也。"（《五蠹》）又谓："法者，王之者也。"（《心度》。顾广圻曰："藏本今本作本。"）又谓："能越力于地者富（顾广圻曰：越当作趣，下句能起力句，起亦当作趣），能起力于敌者强，强不塞者王。故王道在所闻（顾广圻曰：藏本同，今本闻作开。按当作闭，下文云，能闭外塞私），在所塞，塞其奸者必王。故王术不恃外之不乱也，恃其不可乱也。……好力者其爵贵，爵贵则上尊，上尊则必王。……

能闭外塞私，而上自恃者，王可致也。"(《心度》)又谓："越王之霸也不病宦，武王之王也不病詈。"(《喻老》)又谓："是桓公不霸，成汤不王也。"(《难一》)然最喜霸王混言，谓："官治则国富，国富则兵强，而霸王之业成矣。霸王者，人主之大利也。"(《六反》)又曰："此谓君不仁，臣不忠，则可以霸王矣。"(可上原有不字，顾广圻曰："不字当衍，《外储说右》篇云：'君通于不仁，臣通于不忠，则可以王矣。'此其证也。")他以霸王二字为一词以论者尚多。

《初见秦》："霸王之名不成。……然则是一举而霸王之名可成也。……此固以失霸王之道，一矣。……然则是一举而霸王之名可成也。……此固以失霸王之道，二矣。……霸王之名不成，此固以失霸王之道，三矣。……霸王之名可成。……弃霸王之业。……以成霸王之名。……霸王之名不成。"《和氏》："此世所以乱无霸王也。"《奸劫弑臣》："可以致霸王之功。……明于霸王之术。"《喻老》："霸王其可也。"《定法》："七十年而不至于霸王者。"《说疑》："此霸王之佐也。"《显学》："儒者饰辞曰，听吾言则可以霸王。"

盖韩非言政，贱仁义，重法尚力，以孟荀视之，固皆所谓霸也。故其视王霸，不过兼有天下与否之殊耳，其施设之政治则一。故其言王，言霸，言霸王，以政治论之，含义同也。

《墨子·辞通》曰:"故霸王之业,可行于天下。"《孟子·公孙丑》篇公孙丑问孟子加齐之卿相:"虽由此霸王不异矣。"《荀子·君道》篇曰:"既知且仁,是人主之宝也,而霸王之佐也。"虽亦霸王连举,但观三家书,王霸分析甚明,则此亦谓霸及王耳,非混霸王为一也。

《吕氏春秋》言王霸之政,与韩子无大差异。《简选》曰:"简选精良兵械铦利,令能将将之,古者有以王者,有以霸者矣,汤武齐桓晋文吴阖庐是矣。"《爱类》曰:"匡章曰:'齐王之所以用兵而不休,攻击人而不止者,其故何也?'惠子曰:'大者可以王,其次可以霸也。'"《去私》曰:"诛暴而不私,以封天下之贤者,故可以为王伯。若使王伯之君,诛暴而私之,则亦不可以为王伯矣。"《不侵》曰:"说义听行,其能致主霸王。"《赞能》曰:"沈尹茎(毕沅校作筮)谓孙叔敖曰:'说义以听方术信行,能令人主上至于王,下至于霸,我不若子也。'"《贵当》曰:"霸王有不先耕而成霸王者,古今无有。"足以证其言政混王霸为一,而实皆孟荀所谓霸也。

《下贤》:"士骜禄爵者固轻其主,其主骜霸王者亦轻其士,纵夫子骜禄爵,吾庸敢骜霸王乎?"《勿躬》:"君欲霸王,则夷吾在此。"(案管夷吾,实虽为霸,而霸之名称则后人所加,故此必非管夷吾言,后世依托耳。他引春秋初叶之言霸,皆然。)《知度》:"霸王者托于贤,伊尹吕尚管夷吾百里奚,此霸王者之船骥也。故小臣吕尚听,而天下知殷周之王也;管夷吾百里奚听,而天下知齐秦之霸也。……夫成王霸者,固有人。"《赞能》:"鲍叔曰:'吾君欲霸王,则管夷吾在彼。'"虽不言政治,亦足为混合王霸之证。

即其专言王者,其意亦与此无大别。《慎势》曰:"王也者势也,王也者势无敌也;势有敌,则王者废矣。"《壹行》曰:"强大未必王也,而王必强大,王者之所借以成也何?借其威与其利。非强大,则其威不威,其利不利。其威不威,则不足以禁也;其利不利,则不足以劝也。"又曰:"强大之国诚可知,则其王不难矣。"不过谓王者兼天下(势无敌,自非兼天下不可),其政固仍为威与利,孟荀所谓霸也。

《爱类》:"王也者,非必坚甲利兵选卒练士也,非必隳人之城郭、杀人之士民也;上世之王者众矣,而事皆不同,其当世之急,忧民之利,除民之害同。"则当世固有专以坚甲利兵选卒练士,隳人之城郭,杀人之士民,以求王者。而吕子亦未言王者之政若何,故其王政之主张,宜以前所引明言显示者为准,而不能据此以斥彼也。惟《开春论》曰:"王者厚其德,积众善而凤皇圣人皆来至矣。"则以王霸固恃威,亦用德,未与霸对举,亦未足为王霸异政之证。

春秋以至战国之初，霸字只谓势为诸侯之长。及孟子始用为政治名词，以王表仁，以霸表力。荀子继之，无大差异。惟孟则是王非霸，荀仅大王小霸。韩非吕子以法与势言霸王，而王霸之政无殊。后有作者，无以轶于四家之说矣。

王霸之上，益之以帝，其时盖在战国之末。《左传》僖二十五年卜偃曰："今之王，古之帝也。"足证古帝与王无别。韩愈言："帝之与王，其号虽殊，其事一也。"（《原道》）诠释甚当。《墨子·所染》篇曰："舜染于许由伯阳，禹染于皋陶伯益，汤染于伊尹仲虺，武王染于太公周公，此四王者所染当，故王天下，立为天子。"称舜为王，知于时尚未分别帝王。庄子作书，以《应帝王》名篇，亦谓皆有天下之号，未加区别。《荀子·王霸》篇曰："海内之人，莫不愿得以为帝王。"《赋》篇曰："下覆百姓，上饰帝王。"亦帝王并举。其言政谓："尧伐驩兜，舜伐有苗，禹伐共工，汤伐有夏，文王伐崇，武王伐纣，此四帝两王，皆以仁义之兵行于天下也。"诚哉："其号虽殊，其事一也。"《国策》记秦客卿造穰侯曰："汤武之贤，不遭时不得帝王。"（《秦策》三）范雎说秦王曰："文王果收功于吕尚，卒擅天下，而身立为帝王。"（同上）公孙弘谓孟尝君曰："秦王，帝王之主也。"（《齐策》四）赵武灵王曰："帝王不相袭。"（《赵策》二）田单曰："单闻帝王之兵，所用者不过三万，而天下服矣。"（《赵策》三）鲁仲连曰："曷为与人俱称帝王，卒就脯醢之地也？"（同上）亦皆帝王并举，未加分别也。

《韩非子·和氏》篇："然则有道者之不僇也，特帝王之璞未献耳。"（璞况法术）《定法》篇："君无术则弊于上，臣无法则乱于下，此不可一无，皆帝王之具也。"又："商君虽十饰其法，人臣反用其资，故乘强秦之资，数十年而不至于帝王者，法不勤饰于官，主无术于上之患也。"《六反》："故明主之治国也，适其时事，以致财物，论其税赋，以均贫富；厚其爵禄，以尽贤能；重其刑罚，以禁奸邪。使民以力得富，以事致贵，以过受罪，以功致赏，而不念慈惠之赐，此帝王之政也。"亦帝王同政，毫无分别也。

《史记·封禅书》言："齐宣王之时，邹子之徒，论著终始五德之运，及秦帝，齐人奏之。"学者或谓为"言五帝之运行"。（顾实《汉书艺文志讲疏》即主此说。）考《文选·魏都赋》注引《七略》曰："邹子有终始五德，从所不胜，土德后，木德继之，金德次之，火德次之，水德次之。"而《史记·秦始皇本纪》，《汉书·郊祀志》皆曰："周得火德。"《史记·封禅书》曰："殷得金德。"二代固皆称"王"，不称"帝"。《吕览·应同》篇谓："黄帝曰，土气胜……禹曰，木气胜……汤曰，金气胜……文王曰，火气胜。"说者谓为"邹子佚文"。（马国翰《玉函山房辑佚书》即主此说，余颇韪之。）而其总括全文之发端曰："凡帝王之将兴也。"则邹衍之言，实泛指君天下之"帝王"，而未分别"帝"与"王"也。《大戴礼》及《孔子家语》有《五帝德》篇，言孔子告宰予曰："五帝用记，三王用度。"似稍带政治色彩。但司马迁已谓："孔子所传《宰予问五帝德》及《帝系姓》，儒者或不传。"（《史记·五帝本纪》）司马贞亦谓："《五帝德》《帝系姓》，皆《大戴礼》及《孔子家语》篇，以二者皆非正经，故汉时儒者以为非圣人之言，故多不传学也。"（《五帝本纪索隐》）今《家语》又非汉时之旧，乃晋王肃之伪，更不足据。《汲冢周书》言："德象天地曰帝，静民则法曰皇，仁义所在曰王。"（《谥法解》）然亦晚出赝书，其言固不能据以考古也。

至《吕氏春秋》虽亦有时帝王连举，

《贵生》："帝王之功，圣人之余事也。"《当染》："帝王亦然。"《不侵》："秦王，帝王之主也。"《应同》："凡帝王之将兴也，天必先见祥乎下民。"

然谓："五帝先道而后德，故德莫盛焉；三王先教而后杀，故事莫功焉；五伯先事而后兵，故兵莫强焉。"（《先己》）又谓："帝者同气，王者同义，霸者同力。"（《应同》）又谓："士所归，天下从之帝。帝也者，天下之适也；王也者，天下之往也。"（《下贤》）则帝王不一，而王政之上复有帝政矣。

尔后汉淮南著书，遂曰："帝者体太一，王者法阴阳，霸者则四时，君者用六律。"谓："体太一者，明于天地之情，通于道德之伦，聪明耀于日月，精神通于万物，动静调于阴阳，喜怒和于四时，德泽施于方外，名声传于后世。法阴阳者，德与天地参，明与日月并，精与鬼神总，戴圆履方，抱表怀绳，内能治身，外能得人，发号施令，天下莫不从风。则四时者，柔而不脆，刚而不鞼，宽而不肆，肃而不悖，优柔委从，以养群类，其德含愚而容不肖，无所私爱。用六律者，伐乱禁暴，进贤而退不肖，扶拨以为正，坏险以为平，矫枉以为直，明于禁舍开闭之道，乘时因势，以服役人心也。帝者体阴阳则侵，王者法四时则削，霸者节六律则辱，君者失准绳则废。故小而行大，则滔窕而不亲；大而行小，则狭隘而不容。贵贱不失其体，而天下治矣。"（并《本经训》）而帝王霸君之政，遂如划鸿沟，不得相逾也。

皇字古训美大，引申为光，为宏，为盛，假借为煌（煌，晚出字，实即皇之本义），为遑，多为形容字。其训为名词之君或王者，乃晚出义，盖在战国中世以后。

皇字诸训俱见《经籍籑诂·七阳》皇字下，不具引。元和汪衮甫著《释皇》（载北京大学《国学季刊》），谓三皇之说，出自上古，殊不可信。先师王静安先生《说文讲义》曰："三皇五帝之称颇晚，乃战国时后起之义。皇祖、皇考之称，亦大义。铜器中皇字有作堂，作堂，作堂者，其上出为光芒，与王之从火，同为大义。"友人永嘉刘子植作《洪范疏证》（载《东方杂志》第二十五卷第二号），更引吉金文字，证成王先生之说，且将《诗》

《书》六艺诸古人误训君训王之皇字，逐次纠正。今考《论语》无皇字。《左传》皇字凡四十见。庄十九年："葬于经皇。"杜注："经皇，冢前阙。"僖十五年："君履后土而戴皇天，皇天后土实闻君之言。"文二年："《鲁颂》曰：'……皇皇后帝，皇祖后稷。'"昭五年："昔我皇祖伯父昆吾。"定元年："薛之皇祖奚仲居薛。"哀二年："敢告皇祖文王。"上八皇字皆训大。文十一年："司徒皇父帅师御之，耏班御皇父充石。"成三年："皇戌如楚献捷。"四年："皇戌摄郑伯之辞。"五年："楚人执皇戌。"十六年："苗贲皇在晋侯之侧。"襄九年："使皇郧命校正出马。"十年："郑皇耳率师侵卫。"十七年："宋皇国父为大宰。"二十六年："郑皇颉戍之。"又："若敖之乱，伯贲之子贲皇奔晋。"昭五年："……苗贲皇，皆诸侯之选也。"二十二年："皇奄……出奔楚。"定三年："史皇谓子常。"哀九年："宋皇瑗围郑师。"十二年："公及卫侯宋皇瑗盟。"十四年："告皇野。"十八年："宋皇瑗之子麇。"又："宋杀皇瑗，公闻其情，复皇氏之族，使皇缓为右师。"二十六年："皇缓为右师，皇非我为大司马，皇怀为司徒。"上二十四皇字皆人名。襄八年："不皇启处。"昭七年："社稷之不皇。"三十二年："不皇启处。"哀五年："不敢怠皇。"上四皇字并训暇，后世改作遑者也。昭十七年："获其舟馀皇。"杜注："馀皇、舟名。"昭二十二年："次于皇……郊胗伐皇。"上二皇字并地名。《墨子》除《天志中》引《诗·皇矣》道之曰云云，不见皇字。《国策》《孟子》及《庄子·内篇》亦不见皇字。《荀子》皇字两见：一《君道》曰：

"方皇周浃于天下。"一《礼论》曰:"方皇周浃。"固皆不得以君王训也。

《庄子·天运》篇曰:"天下戴之,此为上皇。"屈原赋《离骚》曰:"岂予身之惮殃兮,恐皇舆之败绩。"又曰:"诏西皇使涉予。"《九歌·东皇太一》曰:"穆将愉兮上皇。"诸皇字率宜训以君王,而前此则未有闻也。《天运》篇非庄子自作,其时代颇有问题。(详拙撰《庄子篇章真伪考证》)故皇为王义之产生,当以屈原赋为据;即或稍前,亦无几时也。

至《吕氏春秋》遂有三皇之说。《贵公》曰:"天地大矣,生而弗子,成而弗有,万物皆被其泽,得其利,而莫知其所由始,此三皇五帝之德也。"《用众》曰:"夫取于众,此三皇五帝之所以大立功名也。"《孝行览》曰:"夫孝,三皇五帝之本务,而万事之纪也。"

顾屈原赋以皇称君王,《吕氏春秋》有古三皇,而未以政治言皇,未以政治分别皇帝王霸也。以政治言皇,以政治分别皇帝王霸,盖在西汉。《尚书中侯》曰:"尧曰:'皇道,帝德,非朕所事。'"(汉人托于尧,非尧言。凡纬书引古人者,皆宜如此观。)又曰:"皇道,帝德,为内外优劣,散则通也。"《春秋纬·运斗枢》曰:"皇者天,天不言,四时行焉,百物生焉。三皇捶拱无为,设言而民不违,道德元泊,有似皇天,故称曰皇。皇者,中也,光也,宏也,含宏履中,开阴布纲,上合皇极，其施光明，指天画地，神化潜通，煌煌盛美，不可胜量。"《春秋纬·说题辞》曰："孔子曰：'皇象元，逍遥术，无文字，德明谥。德合天者称帝，河洛受瑞。可放仁义合称王，符瑞应，天下归往。'"（《公羊传》成八年《注》只引作孔子曰。马国翰以为《春秋纬·说题辞》文，而又以"德明谥"以上数语，兼收入《元命苞》，未知孰是；要之此为纬书语，则无疑。）《孝经纬·援神契》曰："三皇无文，五帝画象，三王肉刑。"《孝经纬·钩命诀》曰："三皇步，五帝趋；三王驰，五霸骛。"又曰："孔子曰：'三皇设言民不违，五帝画象事顺机，三王肉刑揆渐加，应世黠巧诈伪多。'"此诸纬书，多出西汉，知西汉即有以政治分别皇帝王霸者矣。

至东汉，其分别更显切著明。《白虎通德论·号》篇曰："皇者何谓也？亦号也。皇，君也，美也，大也，天之惣美大称也，时质故惣之也。号之为皇者，煌煌人莫违也。烦一夫，扰一士，以劳天下不为，皇也。不扰匹夫匹妇，故为皇。故黄金弃于山，珠玉捐于渊，岩居穴处，衣皮毛，饮泉液，吮露英，虚无廖廓，与天地通灵也。号言为帝者何？帝者，谛也，象可承也。王者，往也，天下所归往。……霸者，伯也，行方伯之职，会诸侯，朝天子，不失人臣之义。……霸犹迫也，把也，迫胁诸侯，把持其政。……"《风俗通义》有《皇霸》篇，专分别三皇、五帝、三王、五伯。其论皇全采《运斗枢》之言。论帝言："易、尚书《大传》，天立五帝以为相，四时施生，法度明察，春夏庆赏，秋冬刑罚。帝者，任德设刑以则象之，言其能行天道，举错审谛。"论王言："擅国之谓王，能制割之谓王，制杀生之威之谓王。王者，往也，为天下所归往也。"论霸言："伯者，长也，白也，言其咸建五长，功实明白。或曰：霸者，把也，驳也，言把持天子政令，纠率同盟也。"至此而皇帝王霸之政治上之区别，厘然较著，此后虽尚有论者，无有出其范围者矣，故略不述焉。

图书在版编目（CIP）数据

管子探源/罗根泽著.—济南：山东文艺出版社，2018.7
（齐鲁文化研究文库）
ISBN 978-7-5329-5647-0

Ⅰ.①管… Ⅱ.①罗… Ⅲ.①法家②管仲（？—前645）
—哲学思想—研究③《管子》—研究 Ⅳ.① B226.15

中国版本图书馆 CIP 数据核字（2018）第 098300 号

责任编辑：冯　晖
装帧设计：刘小军

管子探源

罗根泽　著

主管单位	山东出版传媒股份有限公司
出版发行	山东文艺出版社
社　　址	山东省济南市英雄山路 189 号
邮　　编	250002
网　　址	www.sdwypress.com

读者服务	0531-82098776（总编室）
	0531-82098775（市场营销部）
电子邮箱	sdwy@sdpress.com.cn

印　　刷	山东临沂新华印刷物流集团有限责任公司
开　　本	890 毫米 ×1240 毫米 1/32
印　　张	7.5
字　　数	180 千
版　　次	2018 年 7 月第 1 版
印　　次	2018 年 7 月第 1 次印刷
书　　号	ISBN 978-7-5329-5647-0
定　　价	48.00 元

版权专有，侵权必究。如有图书质量问题，请与出版社联系调换。